U0723936

精彩启迪智慧丛书

指南针的传说

颜煦之 ◎ 主编

台海出版社

图书在版编目（CIP）数据

指南针的传说：科学发明故事 / 颜煦之主编. —北京：
台海出版社，2013．7
　（精彩启迪智慧丛书）
　ISBN 978-7-5168-0186-4

　Ⅰ. ①指…Ⅲ. ①颜…Ⅲ. ①故事—作品集—世界
Ⅳ. ①I14

中国版本图书馆CIP数据核字（2013）第132664号

指南针的传说：科学发明故事

主　　编：颜煦之

责任编辑：俞滟荣
装帧设计：视界创意　　　版式设计：钟雪亮
责任校对：李福梅　　　　责任印制：蔡　旭

出版发行：台海出版社
地　　址：北京市朝阳区劲松南路1号，　　邮政编码：　100021
电　　话：010－64041652（发行，邮购）
传　　真：010－84045799（总编室）
网　　址：www.taimeng.org.cn/thcbs/default.htm
E-mail：thcbs@126.com

经　　销：全国各地新华书店
印　　刷：北京一鑫印务有限责任公司
本书如有破损、缺页、装订错误，请与本社联系调换

开　　本：710×1000　　　1/16
字　　数：178千字　　　　　　　印　　张：12
版　　次：2013年7月第1版　　　印　　次：2021年6月第3次印刷
书　　号：ISBN 978-7-5168-0186-4

定价：29.60元

目录 MU LU

前　言 QIANYAN

这套丛书，是供青少年朋友课外阅读的。1000多篇故事，分门别类，篇篇精彩。这些故事，或记之于史册，或见之于名著，或流传于口头。编著者沙里淘金，精益求精，从中挑选。有的以历史事件为依据，加以整理；有的以世界名著为蓝本，加以编写；有的以民间传说为素材，加以改编。每篇故事1000余字，由专业作家和写故事的高手执笔，力求语言通俗，篇幅简短，情节丰富，适合青少年朋友阅读。

这里有惊险故事：冒险、历险、探险、遇险、抢险、脱险……险象环生，扣人心弦。这里有战争故事：海战、陆战、空战、两栖战、电子战、攻坚战、防御战、游击战……声东击西，出奇制胜，刀光剑影，短兵相接，其残酷激烈，使人居安思危，警钟长鸣。这里有间谍故事：国际间谍、商业间谍、工业间谍、军事间谍、双重间谍……敌中有我，我中有敌，真真假假，以假乱真，间谍与反间谍的斗争，昏天黑地，扑朔迷离。这里有传奇故事：奇人、奇事、奇景、奇物、奇技、奇艺、奇趣、奇迹……奇风异俗、奇闻轶事、奇珍异宝、自然奇观，令人目不暇接，大开眼界。这里有侦探故事：奇案、悬案、冤案……在神探、法医、大律师、大法官们的侦察、分析、推理下，桩桩疑案，终于大白于天下，罪犯都被绳之以法。这里有灾难故事：天灾人祸、山崩地裂、洪水漫野、飞蝗满天、瘟疫流行、政治谋杀、宫廷政变、劫持人质……在这些自然和人为的灾难中，涌现出一批英雄豪杰，他们舍生忘死，力挽狂澜，令人起敬。这里有武侠故事：大侠、神侠、女侠、飞侠……飞檐走壁，武艺高强，他们伸张正义，赴汤蹈火，为民除害，令人扬眉吐气，心里痛快。这里有智慧故事：记录了古今中外思想家、政治家、军事家、企业家、教育家、科学家、艺术家，以及千千万万平凡人物的聪明才智。这里有动物故事：写出了人与动物间的情谊和恩恩怨怨，诉说了人类对一些动物的误解与偏见，也写出了动物的生活习性，写出了动物间的生存竞争，表达了人们爱护动物、善待大自然的美好愿望。这里有科学故事：科学试验、科学发明、科学发现、科学探险……写出了古今中外大科学家们的科研经历，写出了他们为人类文明和社会发展所做的不懈努力，颂扬了他们的丰功伟绩。

这1000多篇故事，向广大青少年朋友展示了海洋、沙漠、丛林、沼泽、冰峰、峡谷、太空、洞穴等大自然的奇异景象和神秘莫测。这些故事，写出了恐惧、孤独、饥饿、寒冷、酷热、疾病、伤残……这些人类难以忍受的苦难。这些故事，向青少年朋友介绍了战场、商场、议会大厅、密室……这些地方所上演的一幕幕悲剧、喜剧或闹剧，展示了正义与邪恶的较量、正义战胜邪恶的经历。这些故事，表现出人的智慧和勇敢，颂扬了人的意志和力量。

这1000多篇故事，为青少年朋友塑造了许多有血有肉、可歌可泣的英雄形象，他们在这些故事中所表现出的聪明才智和顽强毅力，能使广大青少年朋友开阔视野，学到知识，增长才干。他们那种不畏艰险、一往无前的精神，更能给广大青少年朋友增添拼搏的勇气和人格的力量。

指南针的传说

指南针是我国四大发明之一，不管是在波涛汹涌的大海上，还是在万里无云的蓝天中，只要有了它，就永远不会迷路。你别小瞧这个小小的指南针，它凝聚了我们祖先几千年的智慧！

说到指南针，必须先从磁铁说起。磁铁又叫"吸铁石"，两千多年前，我们的祖先就发现了它。相传秦始皇统一中国之后，建造了富丽堂皇的阿房宫，他怕刺客行刺，就特意命人用磁石在阿房宫里造了一个磁石门，只要有人带着铁器经过那里，磁石门就会毫不客气地把这个人吸住。

阿房宫是否真的有这么一扇磁铁门，早已无从考证了，但关于磁铁的故事，古书里还的的确确有过一段记载。

汉武帝时期，天下众人皆知汉武帝喜爱奇珍异宝，如果能寻上一两件讨得他的欢心，这一辈子的荣华富贵就享不尽喽。于是，便有这么一个人，灵机一动，用磁石制成一种斗棋，献给了汉武帝。汉武帝什么样的斗棋没见过？黄金造的、玛瑙造的、象牙造的……天下该有的他应有尽有。所以他一见到这副棋，立刻就没了兴致，不相信这个黑漆漆的铁疙瘩有什么非同寻常之处。献宝人也没多解释，只是淡淡说了一句："陛下，您看好了！"说着，从袋子里摸出几枚棋子，往棋盘上轻轻一摆。

奇怪的事情发生了，那几枚不起眼的棋子突然好像活了一样，自动在棋盘上相互碰撞打斗起来，直看得汉武帝目瞪口呆，老半天才缓过神，忍不住连声称奇。献宝人见龙颜大悦，心里窃喜，垂手退到一边，等待着汉武帝的奖赏。其实，棋子相互吸引碰击并不奇怪，献宝人只不过是充分利用了磁石的吸铁功能罢了，但汉武帝却不晓得这里面的道理。

磁石既然能吸铁，我们的祖先便开始动起了脑筋。到了战国时代，有人发明了一种叫做"司南"的磁铁指南仪器。"司"是掌管的意思，由此可见，司南就是专门掌管指示南方的仪器，不过，也有人把它称作"罗盘

针"，因为它使用起来必须配有"地盘"才行。

司南的样子像一把汤勺，有着长长的柄和光溜溜的圆底，由于它是磁铁制成的，重心全在圆底，所以只要将它放在光滑的"地盘"上轻轻一转，等到静止下来后，长柄所指的方向就是南方。这就是世界上最早出现的指南针，但它在强烈的震动和高温的情况下，往往容易失去磁性，于是，我们聪明的祖先又开始想方设法对它进行了改进。

公元11世纪，也就是北宋后期，人们无意发现，钢铁在磁石上磨过以后也会带上磁性，而且特别稳固。就这样，人造磁铁诞生了，接着，"指南鱼"便替代司南，成了新一代的测向仪器。

指南鱼是用一块薄磁化钢片制成的，因为外形像鱼，所以就有了这个名号。它的鱼头是磁南极，鱼尾是磁北极，中间部分是凹的，可以像小船一样浮在水面上。指南鱼也能自由转动，等到停下来，鱼头所指的就是南方。同司南相比，不论是携带还是使用都方便了许多。

然而，我们的祖先并没有满足，还想把它变得更完美一些。他们将钢针放在磁铁上磨呀磨呀，终于把钢针磨成了磁针。这种人工传磁的钢针，就成了我们至今还在使用的指南针。

指南针的出现，翻开了人类航海史上新的一页，也使得我国古代的海外交通事业更加繁荣。明朝的郑和，就是靠着指南针七次下西洋，当时对那些外国人来说，几乎是不可想象的。因此，英国著名的科技史学家李约瑟博士在对指南针的评价中说：指南针的出现，预示了计量航海时代的来临，并把原始航海时代推到了终点。

陶器的传说

陶器是用黏土烧制的器皿，它曾是古代人烧水做饭、喝水盛食物的必备用具。现在已被搪瓷、铝制品所代替，但陶器在人类文明史上，有它光辉灿烂的一页。

陶器有日用、艺术、建筑等种类，据历史学家们考证，陶器在新石器时代大量出现，成为当时人们主要生活用具之一。但民间传说中，陶器是范蠡发明的。他是春秋时期越王勾践的一位大臣，他曾帮越王勾践打败吴国。勾践当了国王后，就只图保住自己的势力，对昔日有功之臣存有戒心，后来，竟想谋害范蠡。

范蠡一看越王勾践这样对待他，不如早点离开，他就驾着小船，渡过太湖，隐居在江苏宜兴一个小村子里。

范蠡在村里住下，跟当地老百姓一起种田。有一天，他到村外黄龙山上开荒，看到这里的泥土又细又黏，和别处不同。他想，要是把这泥捏成各式各样的坯子，烧一烧，不就可以把泥土变成有用的东西了吗？于是，他就带了点山上的泥回去试了试，果然不错。

第二天一大早，范蠡爬到山上，对着山下的百姓们大喊："哪个想要吃饭的跟我到山上来呀！"这一喊，山下的百姓们呼啦啦都跑上山来了，见了范蠡就问："饭在哪里？"

范蠡指指山沟里的黄泥说："这不是么！"

百姓们一看，是没用的黄泥，说："这也能当饭吃吗？"

范蠡说："黄泥不能吃，做出东西来，就能换饭吃了。"说罢，他就把用黄泥烧制用具的主意一五一十地讲给大家听，众人听了，都很高兴，跟着他干了起来。范蠡和大家一起商量，用山上的黄泥，做成各式各样的缸、盆、罐、茶壶、碗，又在黄龙山脚下造了一座龙窑，把土坯放在窑里烧。烧到一定火候，再慢慢冷却，这些土坯就变成了各种既好看又好用的

陶器。这黄泥也就叫做"陶土"了。

从此，江苏宜兴就出产陶器，老百姓就可以拿它换饭吃了。后来，当地老百姓为了纪念范蠡，就把范蠡住过的那个小村子叫做"范墅"，至今仍在。

蔡伦造纸

　　人类很早就发明了文字。那么用什么来记载文字呢？我们的祖先先是将文字刻在甲骨上，这就是甲骨文；后来又刻在竹板上，就是竹简；再后来又写在绢上。而这些方法既不方便，也不普及，有谁买得起那么昂贵的绢呢？

　　我国在两千年前的西汉时期，就有人会用植物纤维造纸了。他们把大麻等植物的皮捣烂，做成一种现在看来十分粗糙的纸。后来，人们又造出了以丝为原料的"丝絮纸"。但丝絮纸的原料很少，造价又昂贵，只有很少一部分人才用得起。到了东汉年间，有个在朝中当宦官的人，名叫蔡伦，他决心改变这种状况，寻找一种更好的造纸方法。为此，他废寝忘食，四处求教。

　　有一天，蔡伦看到几个妇女在河边"漂絮"。他津津有味地看着，追忆着丝絮纸的产生过程。原来，丝絮纸和蚕丝业有着密切的关系。起初，人们为了获得蚕丝，就把煮熟了的蚕茧放在席子上浸到河水里敲打，经过敲打，丝与丝之间松开了，就可以抽丝，用丝来织丝绸了，这个过程就叫做"漂絮"。妇女们在"漂絮"过程中，经常发现好丝拿走后，剩下的破乱丝絮就在席上形成薄薄的一层。有人把这薄片揭起来晒干，用来糊窗户、包东西等等。后来，又有人发现在这上面可以写字。于是，人们就把一些乱絮重新捣烂，再摊平，用席子捞起来，晒干后做成专门的书写材料，并把它叫做"丝絮纸"。如今的"纸"字有"系"偏旁，就是因为纸的起源和丝有着密切的关系。

　　蔡伦又到造纸的作坊去察看，向造丝絮纸的工匠们请教，这样，他就了解和掌握了造纸的基本过程。蔡伦想：用大麻这类植物的皮造的纸太粗糙；用丝来造纸又太贵，何况也不容易找到大量的丝材。如果能把两种造纸方法结合起来，不就能造出既经济又实用的纸来了吗？

　　蔡伦大胆地找来成堆的树皮、麻皮、破布、废渔网等含有纤维成分

的材料。他组织工匠用石臼把这些材料捣碎，做成纸浆。然后采用"漂絮法"用席子捞纸浆，捞出的纸浆在席子上形成薄薄的一片，晒干后就成了纸。

公元105年，蔡伦把第一批制造出来的新式纸献给了皇帝，并建议皇帝在全国推广这种造纸的方法。

从此，纸由贵重物品变成了普通识字人都用得起的书写材料，大大推进了我国古代社会的文明发展。

就这样，蔡伦造的纸，成了我国古代四大发明之一。

地动仪的传说

张衡，东汉时期的科学家，世界上最早科学地测报地震的人。世界上第一台测报地震的仪器——"地动仪"，就是他发明的。

公元119年的一个深夜，身为朝廷太史令的张衡正要上床休息，突然感到脚下剧烈抖动起来。不好！张衡不禁打了个激灵，这分明是地震前的征兆啊！他来不及披上衣服，跌跌撞撞跑到门外空旷的地方，没等站稳，黑夜中便响起了一阵沉闷的声音，顷刻之间，无数房屋轰然倒塌，一条深不见底的大裂缝赫然出现在眼前，像是一张恐怖的大嘴巴，将万物吞噬得无影无踪，一时间，惨叫声此起彼伏。

这场大地震波及到了京都洛阳和附近42个郡，死伤的百姓不计其数，那一幕幕惨不忍睹的画面，看得张衡心都碎了：我这个太史令有什么用！光知道记录地震的情况，却不能让天下百姓少受灾难！不行，就是再苦再累，我也要研制出一种能够测报地震的仪器！念头闪过，他便再也坐不住了，一头扎进屋子，潜心研究起来。

消息传出，如一石激起千层浪，所有人都觉得不可思议，更有一些上了年纪的长者哈哈大笑："地震的降临分明是老天爷对人类的惩罚，张衡这小子想同老天爷较劲，八成是疯了！"

一个月过去了，一年过去了……就在人们快把张衡研制测报地震仪器的事情淡忘了的时候，张衡突然出现在人们面前，在他身边还有了一台模样古怪的东西。

那是公元132年的一个清晨，很长时间没露面的张衡从家里走了出来，美美地伸了个懒腰。这些年来，他一刻也没歇过，整天没日没夜地做着实验，今天他终于成功了，他要把自己呕心沥血取得的成果在世人面前展现出来。

那个被张衡称作"地动仪"的东西，是由青铜铸成的，形状像个大

酒樽，顶上有凸起的盖子，表面还刻着篆文、山石、乌龟和鸟兽的花纹。在它的周围，镶着八条倒伏的龙，龙头朝着不同的方向，每条龙的嘴里都含着一颗浑圆的铜珠；龙头下面的地上，各蹲着一只铜铸的青蛙，仰着脑袋，张着嘴巴，似乎正等待着吞食龙嘴里吐出的铜球。

好奇的人们围着"地动仪"瞧了半天，也没看出什么名堂。有人忍不住喊了起来："张衡，快跟我们说说，你这个宝贝究竟怎样测报地震呢？"

张衡微笑着解释道："我这个地动仪里面有根铜柱，不管哪个方向发生地震，铜柱一定会朝那个方向摆，横杆被它牵动起来，就会把那个方向的龙头上部提起，龙嘴一张开，铜球就会自动掉到下面青蛙的嘴里。到时候只要看一眼，哪个方向发生地震就清清楚楚了……"

没等张衡说完，已经有人开始起哄了："少吹牛啦，鬼才相信这个怪模怪样破坛子有这么神！我看，你也别用它测报地震了，不如拿去装酒得了！"

张衡不气不恼，脸上依旧挂着笑容，在众人的哄笑声中，淡淡说了一句："那就走着瞧吧！"

"地动仪"在张衡院子里一摆就是几年，从来没有过任何动静，人们路过张衡家时，都会探头望望，然后阴阳怪气地说："张衡，快瞅瞅哪里地震啦！"不等张衡说话，笑声已经传出了老远。

这天，张衡正在屋里看书，院子里忽然传来"当"的一声。张衡一个激灵，三步并作两步窜了出去，只见西北方向那个龙嘴里的铜球不见了，再一看，那个铜球稳稳当当地在青蛙嘴里！

张衡的心跳顿时快了起来，手心激动得汗直冒："一定是西北方发生了地震！"想到这儿，他赶紧把这个消息禀报给了皇帝。皇帝一头雾水，板着脸说："莫名其妙，好好的怎么会地震呢？就算西北方地震了，也应该有所感觉。我看你分明是在扰乱民心，惟恐天下不乱呀！"

"陛下，"张衡胸有成竹地回答，"您可以派人去看看，如果没有地震，小人愿意接受任何处罚。"

十天后，皇帝派出去的人回来报告：甘肃陇西发生了严重地震！

陕西距离洛阳有一千公里，地动仪竟能测报得如此准确，简直让人无法想象。这下，整个洛阳沸腾了，人们完全消除了对地动仪的怀疑，再谈起张衡，上到皇帝，下至百姓，无不竖起大拇指。

就这样，张衡成了世界上第一个成功创制测报震向仪器的科学家，这项发明，整整比欧洲人提前了一千多年。

火药的故事

  全世界都知道，火药是我国古代人民的伟大发明，但却很少有人清楚，火药究竟是如何发明出来的。那让我告诉你吧，炼丹方士的炼丹炉就是火药最先出现的地方。

  炼丹术产生于战国到西汉这段时期。当时，一些达官显贵最害怕生老病死，做梦都想长生不老。有些人就试着把冶金技术用到了炼制药物方面，希望能炼出仙丹妙药。嘿，还别说，那些矿物药硝和硫在一起加热后，还真的成了一粒粒闪闪发光的金丹，就像《西游记》里太上老君炼出的一样。炼丹人激动异常，恨不得一口吞下，心想这下可以长命百岁啦！其实，这金晃晃的小丸子，不是什么仙丹，它不过是一种最普通不过的化学反应产生的东西罢了！不过在那个时候，这其中的奥秘还真没一个人知道，如果有人知道是这么一回事，火药究竟要到什么时候出现，就难说了。

  随着炼丹术的出现，一群炼丹家也诞生了，他们就是被后人称作"方士"的人。这些炼丹家们把自己关在深山老林中，一门心思忙着炼丹。当然，炼制仙丹是件永远也不可能完成的任务，但是在炼丹过程中，炼丹家发现了两个有趣的现象：一是硫磺的可燃性非常高；二是硝石具有化金石的功能。硫磺和硝石都是制造火药的重要原料，正是这两项发现，为将来火药的发明奠定了基础。

  虽然没有一个人靠仙丹得以长寿，但这并不能动摇炼丹家们的炼丹信念，他们依然不懈努力着。直到唐朝初年，出了个著名的药学家，叫孙思邈，同时他也是个热衷炼丹的人，不过比起其他炼丹家，他的贡献可就大多了。他把一种叫"内伏硫磺法"的炼丹方法，记在了一部叫《丹经》的书里。书中这样写道：把硫磺和硝石的粉末放在锅里，再加上点着火的皂角子，就会产生焰火。后来经过考证，这是迄今为止最早的一个有文字记

载的火药配方，由此可见，1300多年前，火药已经被发明出来了。

到了唐朝中期，有些炼丹家对炼丹术不再感兴趣了，转眼把目光投向了火药的配制。经过一次又一次的冒险实验，他们终于找到了适当的比例，并在硫磺和硝石里添加了木炭，配制成了黑色粉末状的火药。这时的火药，不再是孙思邈所描述的只会冒焰火了，而是变得威力巨大无比。于是，这种黑色粉末状的火药进入了战场，成了最新型的武器。

唐朝末年，天下大乱，战火到处蔓延，皇帝派一个叫郑璠的人，去平息矛章(现在的江西南昌)的内乱。郑璠率领大军在矛章城外久攻不下，心中不由焦急万分，暴喝道："发机飞火！"这飞火就是火炮，他说的意思就是用抛石机来向敌人发射火药。工夫不大，抛石机被士兵推向了阵地，然后把火药包装在上面，用火点着后，远远地向矛章城楼抛去。只见城楼顿时火光一片，到处哭爹喊娘，好多敌人被烧成了火人。矛章城不攻自破。

这"发机飞火"，就是最早用火药制造的燃烧性武器，可那时火药发明还在初级阶段，所以爆炸性不强，只能燃烧。但随着火药工艺的改进，爆炸性能越来越强，新型的火器也随着层出不穷，最厉害的要数1232年元兵攻打南京(现在的河南开封)时使用的，叫"震天雷"，据史书记载，其爆炸力异常巨大，数里外的人都能听见震耳欲聋的响声。

人们越来越认识到火药的重要性，于是在13世纪的南宋时期，新式的管形火器问世了。这时候，人们已经对火药的性能了如指掌，任何烈性火药都能控制自如。等到了宋末元初，管形火器开始用铜和铁等材料铸制了，大的叫火铳，小的叫手铳，模样同近代的武器大同小异。

今天，火药不仅仅用于制造枪炮，开山筑路、挖矿修渠都离不开它，所以一些外国科学家说：火药的发明，加快了人类历史演变的进程。

毕昇和印刷术

北宋时期，浙江杭州有个叫毕昇的人，虽然才智过人，但却是平民百姓一个，所以人们都称他"布衣毕昇"。

为了生活，毕昇练就了一套雕版印刷的好手艺，虽然干了几十年，但对这项工艺很不满意，觉得雕版印刷既费料又费时。更可气的是，只要雕刻的印版上有一个错别字，就前功尽弃，从头再来。于是，毕昇发誓要改进这些缺点，创造一种更加方便快捷的印刷术。

所谓的"雕版印刷"，就是把文字写在半透明的纸上，再把纸反过来和坚实的木板贴在一起，然后雕刻出凸起的反字，这种雕刻而成的木板就是"雕版"，只要把墨汁涂匀，铺上纸，用刷子轻轻抹拭，就可以印出东西了。

这项技术，在北宋时期已经有三百多年的历史了，那些白底黑字的印刷品全是这样印出来的，要想对它进行改进，那可不是件容易的事。所以一些老印刷工匠得知毕昇的想法后，都摇摇头，说起了风凉话："雕版印刷已经够省事了，真不知道还有什么好方法能取代它，毕昇简直是张嘴说胡话，自己砸自己的饭碗！"

毕昇对这些风言风语全装听不见，他认为肯定可以改进，既然雕版是用整片木板做的，只能使用一次，那为什么不可以把这块木板改成"活板"，重复使用呢？于是，毕昇将木板化整为零。把要印的字分别刻在一块块小小的木头上，然后拼成一整块进行印刷。

活板的问题是解决了，可新的麻烦跟着来了。原来，毕昇在印刷结束时发现，那些小木头，也就是所谓的"活字"，拆卸起来非常不方便。既然是"活版"，就应该拆卸自如，不然的话，跟过去的雕板有什么区别呀！毕昇盯着那些木活字，拼命想着办法，一个个小小的木头块都快被他的目光烤化了。

几天后，毕昇终于想到了一个绝妙的办法。他把木活字放在一块四周有方格的铁框板上，里面填上松香之类的黏和物，然后摆到炉台上烘烤，慢慢地，松香就融化成薄薄的一层。趁松香还没变硬，他赶紧将木字依次放进铁框，等排满字后，再把铁框从炉台上拿下来，冷却一会儿，松香便凝固了，只见铁框里的木字一个黏着一个，整整齐齐。等印刷完毕，他再把铁框搁到炉台上烘烤，松香一融化，拆卸起来便轻而易举了。

这个困扰毕昇多日的难题就这样解决了，可还没来得及高兴，一个更头疼的问题已经接踵而来了。由于木字受到墨水的浸泡，渐渐开始膨胀变形，印出来的字七扭八歪，模糊不清。毕昇知道，木头都有这个毛病，想改变这种状况，惟一的办法就是另找代替物。

用什么替代木字呢？它必须坚硬、不怕水，更不会变形。这时，毕昇首先想到的是石头，可把石头拿在手上，他又开始犯愁了，因为想在上面工工整整刻字，可以说是难上加难。没办法，毕昇只好放弃，但很快他的目光又瞄上了黏土。他想：黏土可以烧制陶器，肯定也能为我烧制活字。于是，他把质地很细的黏土做成小块，晾干后刻上字，然后放到窑里烧，经久耐用的泥活字就这样诞生了。

泥活字的出现，告别了雕版印刷，进入了活字印刷的年代。那些原本嘲笑毕昇的人，无不为之惊叹，而此时的毕昇，已经是两鬓花白，他用整整九年的时间，终于完成了印刷史上最伟大的一次革命。

瓷器的传说

　　很久很久以前，浙江龙泉住着一对兄弟，他俩都开窑烧制青瓷，为了方便区分，人们就把哥哥开的窑称作"哥窑"，将弟弟开的窑叫作"弟窑"。

　　虽然兄弟俩的烧瓷手艺都是一个师傅教的，但不知为什么，哥哥的烧瓷技术就是比弟弟略胜一筹，凡是经他手烧制出来的瓷器，一件比一件精美，看上去就像珍珠一样闪光夺目，让人爱不释手。

　　看看自己烧的瓷器，再瞅瞅哥哥烧的，弟弟不禁脸臊得通红。他心想，一定是师傅在传授我们技术的时候，偷偷给哥哥开了小灶，瞒着我把一些秘诀传给了他。想到这儿，他便缠着哥哥苦苦央求，让哥哥把秘密说出来。

　　哥哥两手一摊，头摇得像拨浪鼓一样，死活不承认有什么秘诀，临了还狠狠将弟弟数落了一通，说他不思进取，投机取巧。

　　弟弟被说得挂不住脸，把脖子一梗，大声回敬道："不教就不教，没什么了不起，总有一天你会后悔的！"说完便一头钻进屋里，发誓不烧出好瓷就不出门。然而，烧瓷这门手艺可不是随便琢磨就能琢磨透的，得靠多年的经验积累才能有点成就，所以弟弟想破了脑壳，烧了一窑又一窑的青瓷，但结果依然同以前一样，没有半点进展，他最后实在不耐烦了，抬腿把脚下刚出窑的青瓷统统踢了个稀巴烂，一肚子怨气全撒在了哥哥身上："我烧不好，你也别想有好日子过！"他决定找机会好好报复一下哥哥。

　　这天，哥哥烧好了一窑瓷器，像往常一样，灭完火便去睡觉了，准备等窑里的温度降下来之后再将瓷器出窑。

　　哥哥前脚刚走，弟弟就钻了进来。他伏在窑口看了看，心里立刻闪出了一个恶念头。此时正是夜深人静，弟弟神不知鬼不觉地从外面挑来一

担冷水，然后猛地泼到哥哥的窑里，心想：这1000多度高温的瓷器突然遇到冷水不炸裂才怪呢！想到哥哥满脸惊慌失措的神情，他的嘴角忍不住泛起了笑容。

第二天一早，哥哥打开窑门准备出窑，顿时被眼前的景象惊呆了，只见昨晚还完好无损的瓷器，一夜之间竟布满了裂痕，如同乌龟壳一般，让人都不敢用手去碰。

这是怎么回事呢？哥哥左思右想也没想出个所以然。他伸手轻轻抓起一件瓷器，仔细一端详，咦！瓷胎竟然没有碎，只有釉质裂开了，看上去比完好的瓷器更有味道，更加别致！

就这样，一种前所未有的瓷器新品诞生了，人们给它起了个好听的名字——"百极碎"，"哥窑"也随着这种裂纹青瓷名扬天下，烧出的瓷器统统成了收藏家梦寐以求的珍品，而"弟窑"却渐渐被人遗忘了。为此，弟弟连肠子都悔青了，他做梦也想不到，自己无意中的报复竟换回了这种结果。

其实，这不过是民间流传的一个有趣故事，裂纹青瓷究竟是如何发明出来的，早已无从考证了，不过有一点可以肯定，它在宋朝的时候就已经出现。

那时候，除了浙江龙泉的"哥窑"，还有一个瓷器制造中心，就是号称"中国瓷都"的江西景德镇，那里是专门为皇帝生产贡品的，出的瓷器精美无比，有人把这些瓷器誉为"假玉器"，意思是它们完美无瑕，可以同真玉器相媲美。

在此之前，最著名的要数唐代的"唐三彩"了，它是用色釉制成的绿、褐、白三色交织的一种彩色瓷器，它的出现，标志着中国瓷器制作达到了空前的水平。再往前追溯，还有隋朝、三国和两晋时期，最早能追溯到商代。也就是说，我国瓷器的发明，到现在至少有三千多年的历史了。

在这个漫长的时光隧道中，我们的祖先经过辛勤的劳动，积累了丰富的烧瓷经验，将瓷器生产变得多姿多彩，并通过"丝绸之路"，把一件件精美的瓷器传到世界各国。当外国人第一次见到瓷器时，无不目瞪口呆，一时间，瓷器成了中国的标志，更有外国学者赞道，中国瓷器的发明和传播，是人类文明史上最辉煌的一页。

抓斗大王

进入20世纪70年代，那种大规模的"上山下乡"运动已经悄然停止，从各类学校毕业的学生不一定要去"接受再教育"了。鲍其正因为有一位哥哥、一位姐姐已经去了黑龙江插队落户，按规定可以留在城市，分配工作，亲戚和邻居都说，这鲍家的老三，真是交了好运。

鲍其正接到了通知，他被分配在港口当装卸工。这可是个光荣的职业呀，虽然老人们都说，那活可真累人，可是鲍其正不怕，累一点怕什么？能留在城里当个工人，才是最要紧的，他简直像上战场的士兵一样，充满着激情。

来到港口，鲍其正开始有点疑惑。他看到港口的装卸工们还是像《东方红》开头的画面一样，肩上搭一块布，一袋袋扛着货物，送上或者运下船只，人人汗流浃背，气喘吁吁，完全没有"样板戏"里唱的"轻轻地一抓就起来"的那种场面，这是怎么一回事呢？

一个月之后，一场灾难更使鲍其正心惊。那一天，他们班组的装卸任务是把一堆原木装上汽车运走。那堆原木在货场已经存放了一个多月，其间下过几场雨，原木躯干上，已经微微长了一层青苔，爬上去滑溜滑溜的，真让人担心。

可是活还得干，首先要有人爬上原木堆去，剪断固定的铁丝，用撬棒把原木撬下来，别人才能扛着送上大卡车。

事故就出在小王爬上原木堆剪铁丝的时候。

他刚剪断第一根固定的铁丝，另外几根铁丝因为生锈，突然断了。原木轰隆隆滚动起来，哗哗地往下泻，小王站立不住。被原木裹住，一起倒向地面。

等原木不再滚动，大家一齐拥上前，拼命搬开压在小王身上的原木时，小王已经被后边倒下的原木砸在头上，原本清清秀秀的一张脸被压

扁，活生生的小伙子一下子丧生在一场工伤事故中。

鲍其正只觉得天昏地暗，小王跟他平日很谈得拢，比他早几个月进港口，家中也只有年迈的双亲，他就这样轻易地去了。一连几天，他觉睡不好，饭吃不下。老师傅劝他：死人的事是经常发生的，一年中，港口总要有几件不死即伤的事故，原因是没有装卸的机械，人总会有疏忽的时候，马有时也会失前蹄呢！

鲍其正知道老师傅在宽慰自己。可是，他觉得老是这样总不是办法，应该改善工作条件，让戏文里、电影中说的那种先进设备代替人工作，而不是一味的伤感和麻木。从那天开始，他激发起改变落后面貌的强烈愿望。

要自己去改变落后面貌、装备先进的机械，谈何容易。说起来，他也算是个两年制高中毕业生，但是在那个年代，究竟学到了什么知识，只有自己心中明白。于是，他下了班便到处找有关机械制造的书，勤奋学习，哪里有起重设备，他总要去兜着圈观察，请教操纵机器的师傅，不弄懂设备的工作原理，决不罢休。

在那个年代，谁要讲钻研科学，搞技术革新，谁就要受到怀疑。有人说他想出人头地，是个人主义出风头思想作怪；有人说他想升官发财，是追求个人物质享受；更多的人说他不自量力，癞蛤蟆想吃天鹅肉，犯了神经病。但是，鲍其正不怕讥讽，不怕风险，夜以继日，不懈努力，终于取得了初步成果。

后来环境好了，他的第一件发明终于装进了港区，那是一台木材抓斗。使用了这台机器，装卸工人便不必像小王那样，爬上原木堆去拆卸钢丝；也不必像鲍其正干了六年的装卸工那样，用肩膀去扛原木了；更不会像小王那样献出青春和生命。

十年风雨，十年奋斗，鲍其正终于成为"抓斗大王"，创造了惊人的经济效益，也为祖国赢得了荣誉。金牌和奖金没有打动他，工人们感激的言语却使他无比的激动。

热衷实践的阿基米德

公元前几个世纪的时候，古希腊占领着地中海沿岸的广大地区，建立了强盛的国家。除希腊本土外，他们在地中海交通要道西西里岛建设了繁华的城市叙拉古，在尼罗河入海口建立了文化名城亚历山大。无论在经济方面，还是科学文化方面，他们都稳执世界西方的牛耳。这一切成就的取得，跟古希腊拥有一批优秀的科学人才分不开。其中，阿基米德便是非常突出的一位。

阿基米德生在西西里的叙拉古，是国王亥厄洛的亲戚，因此他11岁的时候，便被送到埃及的亚历山大城，跟当地的科学家、亚历山大图书馆馆长埃拉托色尼学习数学、天文学和力学。临行前，国王叮嘱这位小亲戚，一定要学好知识，回国替皇室服务，宫廷等着他这位未来的大臣呢。

亚历山大图书馆藏书极为丰富，总共约有70万册，其中有埃及的纸草书，有希腊的经典著作，甚至还有从遥远的东方流传来的典籍。少年阿基米德在这里贪婪地学习着，他天资聪颖，勤奋好学，很快地掌握了应该学到的知识，深得他的导师们的赏识。

当时，学术界的泰斗是欧几里得。欧几里得的《几何原本》造就了一代通晓几何学的人才，阿基米德的老师埃拉托色尼便是欧几里得的学生。但是，欧几里得和他的学生们只注意严格的抽象演绎，对几何学的实际应用却不屑一顾。阿基米德在掌握了那些几何原理之后，当然不会感到满足，于是他决定，把从老师那儿和书本上学到的知识运用到生产和生活中去，开创几何学的新天地。

尽管几何学本来便是人们在生产、生活中对科学规律的总结，但现在要让科学回过头去指导生产和生活，这在当时的古希腊，确实不是一件容易做到的事，但阿基米德凭着他的热忱，很快做到了这一点。

亚历山大位于尼罗河入海口，尼罗河每年都要泛滥，这对古埃及的农

业或许是有好处的，但对城市来说，洪水泛滥就不那么可爱了。因此，亚历山大城每年都要修筑水坝，抵御洪水的侵袭，同时把来得快、去得快的尼罗河水拦截下来，蓄水灌溉农田。

年轻的阿基米德找到了施展才学、开拓新事业的机会，他主动要求参加到整治尼罗河的工程中去。他看到无论筑堤还是灌溉，当时的抽水设备十分落后，便利用螺旋的原理，发明了一种螺旋抽水机。这种机器是一个两头开口的圆柱形管子，管内装有一个螺旋轴。当这个长长的管子一头斜放在水里，利用人力或畜力摇动轴把时，由于螺旋轴不间断地旋转，水便从管子的一头提升到另一端。

这种螺旋抽水机不仅解决了排水和灌溉的问题，还被航海家看中，当船舱进水时，也可以用它抽干积水。人们把它称作"阿基米德螺旋"，年轻的阿基米德运用几何原理，开创了科学与生产完美结合的新纪元。

阿基米德出了名，国王亥厄洛立即把他召回国，让他当宫廷科学顾问，帮助国王解决生产实践、军事技术，以及日常生活中的科学技术问题。阿基米德的事业开始有了新的目标和进入了一个更广阔的天地。

大约所有的权力无限的国王跟科学家之间总是缺乏共同语言，阿基米德刚回国，亥厄洛便眼巴巴地盼着他立刻给自己抱个大金娃娃。看到阿基米德热心地替自己制造天文仪器，用水力推动行星仪，用来表演日蚀和月蚀，接着又看到阿基米德潜心钻研杠杆原理，国王终于忍不住了，他把阿基米德找来，不耐烦地问："你的这些杠杆、滑轮只能给人看看，有什么实际意义？别把科学停留在游戏上，我亲爱的阿基米德顾问！"

阿基米德庄严地回答："假如给我一个支点，我就能用这些机械撬动地球！"听了这话，亥厄洛笑起来："那么，你要的支点究竟在哪里呢，阿基米德？"阿基米德摇摇头："这个支点是没有的，陛下。"过了一会儿，他又说："不过，我会用杠杆推动你想也不敢想的重物，请给我一点时间。"说完，他把困惑不解的国王扔下，径自出宫去了。

过了一个月，阿基米德主动进宫来见亥厄洛，请他到海边去，看一看自己如何把那艘大船推下海。亥厄洛惊奇万分，海边上，国王的确在造一艘大船，船工前些天向他禀报，船是造好了，只是无法推下海，国王正在为此发愁。阿基米德居然有这种能耐，倒非去瞧瞧不可。

来到海边，国王看到那艘大船还在岸上待着，哟，好大一艘船，别说

一个阿基米德，一百个强壮的奴隶也休想推得动它，他苦笑一声，回头望望不动声色的阿基米德，心底里不禁怀疑起来。

阿基米德指了指大船上空的装置，对国王说："陛下，那就是我的杠杆和滑轮，陛下只要拉一拉这根绳子，大船就会移进海港。"说完，向亥厄洛递过一根船缆。国王接过绳子，轻轻往自己身边拉了一拉。果真，奇迹出现了，一阵嘎嘎的机械传动声响过后，那条船像表演魔术般慢慢移动起来，终于越移越快，一头冲进了海港。

国王终于信服了，他向全国发布告示，嘉奖宫廷顾问阿基米德。告示还宣布，从今以后，凡是阿基米德所说的话，务必一律听从。阿基米德的事业，从此进入了辉煌的时期。

量地球的图书馆长

在古代，人类生活在天地之间。他们的脚下，是一望无际的平坦的大地；他们的头上，是倒扣的半球似的苍穹。因此，人们认为，大地是方的，天空是圆的，大地上生息着万物，天空中居住着神灵。

只有长期在大海航行的希腊人，才从航海的经验中发觉，地球恐怕不是平的。他们在茫茫的大海上，看到对面驶来的航船，首先看到的是船的桅杆，然后才是船身。这岂不是说，看来平坦的海面，实际上是弧形的？所以，他们推测，地球是个球形的物体。

这个推测本身就够吓人的了，可是，亚历山大城图书馆的那位馆长埃拉托色尼竟然口出狂言："假如地球真是个球形，我就可以计算出它的周长。"听到这话，人们没有一个不笑出声来的。这些从希腊来的书呆子啊，个个都那么疯狂，听阿基米德说过：只要给他一个支点，他就能撬动地球。天空里哪会有什么支点？现在，又出了个埃拉托色尼，吹的牛更离奇。且别管地球是不是个球，即使真像他说的那样，有谁能量出它的周长来？这些大言不惭的希腊学者们哪！

但是，埃拉托色尼却不被那些流言所动，他完全有把握实现自己的诺言，而且下定决心把这件事办好。让那些只相信地方天圆的人认识到，光靠直觉，不相信真理，是何等地愚昧和荒谬。

埃拉托色尼本不是希腊人，他出生于北非的塞里尼。青年时代，他来到希腊，在柏拉图的学院读书，接受了古代希腊先进的科学知识的熏陶，很快成为一名出众的学者。他在数学、天文、地理诸方面都有深刻的造诣，特别在天文地理方面，作出的贡献更大。他算出了黄道和赤道的夹角，他绘制了当时世界上最完整的地图。在他的世界地图上，东边画到锡兰，西边画到英伦三岛，北面画有里海，南面画出了埃塞俄比亚。这许多地区同时出现在一张地图上，在公元前两百多年，确实是集人类智慧之大

成，称得上前无古人了。

正因为如此，建立在亚历山大城的托勒密王朝看中了埃拉托色尼，邀请他到亚历山大城，担任了图书馆馆长。托勒密王朝十分重视知识，亚历山大城是当时世界文化知识的中心，而它的图书馆，又是当时藏书最多的地方，凡是世界上最有名的著作，图书馆里都有一份用草纸誉写的复本。埃拉托色尼是担任馆长的最佳人选。

埃拉托色尼经过反复研究，认为地球的周长完全可以算出来。他看到，太阳光照射到地球上，时间不同、地点不同的时候，光线与地面的夹角就不一样。人们正是利用这一特点创造了日晷，用它来计时。假如在地球上设定两个点，在同一时间内测出地面与阳光的夹角，然后测量出两点之间的距离，那就可以计算出地球的周长。

那么，选择哪两点来测量呢？埃拉托色尼听南方来的埃及僧侣说过，在尼罗河的上游，有众多古埃及神庙的地方，有一处名为塞恩。塞恩有一处太阳神庙，庙里有一口圣井，每年的白天最长的那一天，到中午时太阳光可以直射到井底。这就是说，在那个时候，太阳光跟当地的地面成直角。他感到这正是进行计算的最佳时机，有了直角，计算就更方便、更准确。于是，埃拉托色尼把计算的地点定为亚历山大城和塞恩。

计算需要数据，第一个数据便是亚历山大和塞恩两点之间的距离。当时可没有现成的数据可抄，只能派人一点一点去测量。两地相距很远，中间隔着河流、沼泽、高山、大漠，全靠人们拿着最简单的工具，一步步踩过，一点点测量出来。经过长时间的努力，埃拉托色尼终于量出两地的距离大约有5400多希腊里。他知道，距离越大、越精确，计算便越是成功。

现在，只要等候一年之中白天最长的那一天的中午时分了。好在那个季节，亚历山大的天空总是比较晴朗。埃拉托色尼在图书馆的广场上竖起一根垂直的杆子，先测量好杆长，然后等候中午时分的到来。

时间到了，埃拉托色尼迅速测量出杆影的长度，有了这两个长度，很快就计算出亚历山大城在这天中午太阳光跟地面的夹角。有了这两个数据，再加上塞恩那边太阳光跟地面成直角的设定条件，埃拉托色尼立刻计算出了地球的周长。

埃拉托色尼计算的地球周长是250000多希腊里，如果折合成现在的长度单位，便是40000多公里。他测出的这个数据，跟后来人们用先进的仪

器测出的数据相比，只相差了100多公里。只要设想一下，地球是多么庞大的一个球体，只要对照一下40000与100之比，大家就会意识到，这个数据已经是非常精确的了。极小的误差，简直可以忽略不计。

埃拉托色尼就是这样，立旁人不敢立之志，干旁人不能干之事，一往无前，坚韧不拔地为实现自己的目标而奋斗，终于创造了科学史上一大奇迹，取得了古代希腊理性科学的重大胜利。

博物学家普林尼

古代罗马的一支驻日耳曼行省的骑兵队的午餐开始了，军官们围坐在一起，一边吃饭，一边听着他们的指挥官普林尼的侍从读着书。这位侍从是个奴隶，读过的书恐怕不多，读着读着，便读错了一个词。

一位军官"噗哧"笑出声来，立即打断那位奴隶的诵读，并且警告他，今后别再出错。正在专心听着诵读的普林尼禁不住皱起了眉头，劝告自己的这位朋友："你已经听出了他的错误，何必要打断他？你瞧，这一下他又少为我们念了十几行字。"

普林尼是替自己的奴隶辩解，还是因为有人扫了自己的兴而不悦？不是。普林尼正为编辑一部包罗万象的《自然史》做准备，他感到每一分钟都那么宝贵，才想出这个办法，让自己在吃饭的时候都读书，他当然要对浪费自己时间的打岔深感不满了。

从普林尼去罗马求学的时候开始，这位意大利北部新科莫姆城的神童就下定决心，要编纂一本描绘大自然现象的巨著，把人类已经掌握的知识统统包括在书中。大自然本身是无边无际的，要完整地描述它就得有无边无际的知识，而掌握人类的全部知识，非下苦功不可，普林尼怎能不珍惜自己的一点一滴的时间呢？事业的大道上，绝对没有捷径可走。

每一个夜晚，无情的黑夜降临大地的时候，骑兵营里总有一盏灯亮着。年轻的普林尼总在灯下读着书，天文、地理、动物、植物、绘画、雕刻、军事、历史……各种各样的书他都读，还认真地做着摘记。有朝一日，这些摘录就会汇合成书的海洋，一本巨大的博物学著作，他心中的伟大建筑——《自然史》。

在日耳曼从军的10年里，普林尼凭着坚韧不拔的毅力，一共阅读过473位作家的著作，从2000多本书中摘录了大量的资料，这些资料成为他《自然史》的主要内容，成为他生命的一部分。

普林尼抽出时间，到日耳曼的乔克族人中做调查，仔细地了解他们的风土人情、生活生产、地理环境、语言文化，真正成了一位日耳曼通。而这些来自民间的知识，极大地丰富了他的思想宝库，也成了他持之以恒完成事业的见证。

搜集和补充了资料之后，普林尼开始编述自己的巨著。在他的著作里，介绍了古代航海家对大地的看法：大地是圆的，当你在海面上发现对面驶来一只航船，首先看到的是它的桅杆，然后是船身，只有呈圆弧形的表面才会有这种感觉。在他的著作里，还记录过地球北端的自然景象：太阳在那里，夏天从不落下，每天围绕大地转一个圈；冬天则完全看不到太阳东升，看不到它坠落到西边。在他的著作中记载着，光要比声音传播得快，因为打雷时人们首先看到闪电，才听见轰轰的雷鸣声。他还告诉人们，东方有个丝绸之国，那里冶炼的钢铁也非常坚硬……

普林尼不仅把他读到的书本知识告诉读者，还对事物做了精心的研究。他把日耳曼人分为五个方言部落，每个部落的语言基本相似，但也有各自的特征。他所预测的方言区的变化，神奇地跟日后日耳曼语的发展相符。他的语言分类十分标准。

普林尼把人类看做自然的主人，大地上生长的植物是为了供给人们作食物，因此人们必须了解这些植物，使自己能正确地挑选出可享用的食品。普林尼在《大自然》中给植物作了详细分类，并指出它们中间哪些才是人们所需要的。

普林尼并不神化人类，他认为所有野兽除了不致挨饿外，从不过分地消耗大自然的恩赐，也不会自相残杀。而人类却过多地掠夺着大自然，而且经常互相仇杀，存在着过多的恶习，只知道争权夺利和贪利图财。

在他的《自然史》中，大自然是那么地和谐、那么地丰富。他要追求的，便是人与自然的和谐统一，只有这样，才算是最幸福、最愉快的状态，而知识是通向这种最高境界的惟一桥梁。

辛勤的劳动，换来了丰硕的果实。普林尼的《自然史》一共出了37卷，它的内容，跟大自然一般广阔，充分体现出一位博物学家的智慧。《自然史》是一本古代的百科全书，直到17世纪，它一直是欧洲自然科学、人文科学最权威的著作。

普林尼在世56年，他编纂完自己的著作后定居在意大利的庞贝城，公

元79年那一次维苏威火山的大爆发，在极短的时间里毁灭了庞贝古城，也带走了普尼林这位古代伟大的博物学家，火山灰成为他永久的坟墓，他终于又回到了大自然之中。

科学是个无边无际的大海，科学家的任务就是在科学的海洋里遨游，不畏艰险地探索科学的奥秘。普林尼作为博物学家，一旦确定了自己的目标，便全身心地投入了为实现目标而进行的斗争中。他热爱科学、忠于事业的精神就像热烈喷发的维苏威火山，而《自然史》则是他最好的墓志铭。

哥白尼的 "太阳中心说"

16世纪的第一年，在意大利学习的波兰学生哥白尼迫于生计，受罗马大学之聘，担任了这个大学的天文和数学教师。按照当时的习惯和教会的指示，他在天文学讲坛上，当然应该讲授托勒密的《天文集》，也就是统治了天文学1 400年的 "地球中心说"。

哥白尼曾经十分仔细地研究过 "地球中心说"。托勒密认为地球是整个宇宙的中心，而天空像一只碗，倒扣在大地上，星星围绕着一个 "本轮" 在天空旋转。他的这种理论当然让教会十分中意，因为教会认为，是上帝创造了人类、大地上的一切，包括天空里的星星，都是上帝为人类的需要创造出来的，它们当然应该围绕人类生存的大地旋转。

但是，一个本轮无论如何也无法解释星星复杂的运动规律。于是，天文学家们为了投合教会的意志，在托勒密的本轮之外，一个又一个地增加本轮，甚至杜撰出虚轮来，以便为托勒密的地球中心说寻找出路，使丰富的观察资料不至于与托勒密的理论发生冲突。

按这种牵强附会的解释进行教学，哥白尼越来越感到再也无法自圆其说了。托勒密的地球中心说在一开始便犯了错误，必须从根本上去修正它的错误。教学之余，他广泛地学习古代天文学家的著作，希腊哲学家毕达哥拉斯石破天惊的话语震动了他的灵魂：太阳是一堆火，它才是宇宙的中心，其他东西，包括地球，都围绕着它旋转。这些在当时属于离经叛道的观点，像灯塔，照亮了哥白尼前进的方向。他再也无法在讲坛上重复已经说了这么多年的谎言，他要用观察到的事实证明太阳的中心地位，于是他辞去干了六年的天文学教授的职位，毅然离开了意大利。

哥白尼离开意大利回国的那个秋天，天空中出现了横亘天宇的彗星，地面上瘟疫流行。偏偏在这个时候，教皇又误服了本想谋害别人的毒酒一命呜呼，接踵而来的灾难让人们觉得快到世界的末日了。教会接着推波助

澜，宣布天空将连续出现土木会合，说这是上帝对世人的警告，要逃过一劫，必须购买教会的"赎罪符"。天文学变成了教会搜刮不义之财的摇钱树。

作为一名推崇科学的学者，哥白尼对这一切十分气愤。他立即和朋友们共同研究所谓"两星会合"的问题。经过他们精心的观察和计算，发现教会宣布的日期有误，比实际情况相差了一个多月。很显然，教会为了捞钱，故意妖言惑众，实在是在亵渎科学。这一个错误更使哥白尼发现了教会的虚伪和阴谋，从此下决心跟托勒密的错误作顽强的斗争。

回波兰后，哥白尼在费洛恩堡大教堂任职，几次担任教堂总管，白天他是位神职人员，晚上便在他的天文台上观察星相。他的天文台原来是个作战用的箭楼，三楼是他的工作室，楼下是他的卧室，顶上的露台就是他的天文观测台，他在这里一直住到生命的最后一刻。

通过观测，他发现了地球是圆形的，无论是月食的阴影，或者是渐渐远去的帆船桅杆上的灯，都证明地球是圆的，海平面也呈现出弧形。

他用最简陋的仪器，包括日食时运用的小孔成像法和水面倒影法，对日食、月食以及火星、金星、木星和土星的方位和运行规律作了五十多次观察，并作了详细的记录。他在望远镜发明前能作出如此精确的观测，充分表现了他对科学的认真态度。

在大量观察的基础上，哥白尼用全部精力来撰写他的不朽著作《运行》。在这本书里，他首先证明了地球是圆的，指出了物质是由不可分的原子组成的，介绍了地球的绕轴运行和周年运行，同时阐明了日食、月食形成的原因。在这些论述的基础上，哥白尼进一步提出，地球只是宇宙中微不足道的一颗行星，而太阳才是所有行星中相对不动的中心。这就从根本上推翻了地球中心说，革新了人们的宇宙观。

《运行》写成后，它的观点立刻成为众矢之的。波兹南宗教裁判官和新任主教首先发难，他们攻击哥白尼的亲友，用来打击哥白尼。他们组织了一批宗教狂热分子，到哥白尼的箭楼下演宗教剧，讽刺一位装腔作势的天文学家把自己的著作锁在柜子里，满嘴胡言乱语，最后被魔鬼套上大车送进了地狱。哥白尼的朋友们十分生气，要赶走这些混蛋。哥白尼却泰然处之，说："天地运行丝毫不会因为这些笨蛋的叫嚣而受到影响。"

后来，罗马教廷也探知了哥白尼的《运行》的观点，他们十分惊慌，

一再派人找到哥白尼，要他把《运行》的手稿送到罗马去。哥白尼迫于教会的压力，本来不想在生前出版自己的著作，但是教廷的一再催促倒使他下了决心：抢在教廷之前出版自己的著作，以免《运行》在他死后遭到不测。

哥白尼惟一的一位德国籍的学生列提克专程把手稿送到德国去出版，不料出版商在教廷的压力下，偷偷删去了书中许多精彩的段落，还撤换了哥白尼写的序言，使太阳中心说变成一种没有根据的假说。当这本面目全非的著作送到奄奄一息的哥白尼病床上的时候，哥白尼已经无法翻读它了，他只是摸了摸书的封面便离开了人世。直到300年后，人们才根据哥白尼的手稿重新出版了他的不朽著作。

哥白尼用他最后的斗争，证明了自己对科学事业的忠诚；用向宗教宣战的行动，把科学从神学中解放了出来。

取长补短的第谷

公元1597年，丹麦天文学家第谷·布拉赫来到了布拉格。

这一年，第谷已经51岁了，但是他的坏脾气却和年轻时候一样。在以往，丹麦的国王腓特烈二世对这位天文学家比较宽容，但当腓特烈二世去世后，新国王克里斯蒂安就没有那么和善了。几次冲突后，新国王终于停止了对他的财政资助，第谷只好离开丹麦，接受德国国王鲁道夫二世的邀请，携家带口，定居到了布拉格。

这一次遭受巨大挫折，恐怕对第谷产生了特别的冲击。他已年过半百，毕生从事天文观察，凡是用肉眼能看到的天文现象，都已由第谷记录在案。但是，第谷对这么丰富的资料却没有办法归纳总结出一种先进的天文学理论，这使他十分苦恼。

关键问题是第谷徘徊在托勒密和哥白尼之间，力图调和这两位本来无法调和的观点。他始终不肯违背观察数据，所以他的观点矛盾百出，漏洞太多。现在，他真的感到，应该找一位助手来接自己的班，免得自己辛苦了一辈子的观察数据失去它的意义。

这时候，一个身影进入了第谷的视野，他就是奥地利的天文学家开普勒。这位年纪比自己小了25岁的学者是一位哥白尼的信徒，还是一个信奉毕达哥拉斯数学的完美主义者。最近，奥地利又爆发了新教旧教的冲突，新教徒开普勒在国内没有安全保障，逃到了匈牙利，正一筹莫展。

第谷权衡了利与弊，决定把毕生的事业交给开普勒。第谷听说，开普勒自小患病，一双眼睛受累，无法长时期作天文观察，自己的观察记录正是他填补缺陷的途径，至少他不会任意篡改自己的观察结论。而且，开普勒曾经为天空设计过一种数学模式，虽然其中不乏漏洞，却表现出一种独特的思维能力，这正是第谷自己缺少的东西。第谷觉得，他的资料和开普勒的思维相结合，一定会创造出奇迹。

于是，第谷立刻向开普勒发出了邀请信，知道开普勒在途中患病，又给他送去不菲的款项，并且立刻晋见鲁道夫二世，安排国王接见开普勒的仪式。

开普勒到了布拉格，跟第谷见了面，在旅馆等候鲁道夫二世的接见。可是等了好长一段时间，还没有等到国王接见。这时候，开普勒的妻子在一旁发起了牢骚，说第谷这是在骗人，他决不可能把自己在鲁道夫二世面前的高位拱手让给开普勒，劝他赶快离开布拉格。

开普勒终于走了，还留下一封责备第谷的信。第谷接到这封信，并没有像往常那样大动肝火，反而显得十分平静。他叫人带着亲笔信去追赶开普勒，自己也在后面赶去，他一定要把开普勒留下，他的事业需要开普勒。

开普勒又回到了布拉格。第谷和鲁道夫二世替他准备了良好的工作环境，生活上从此也有了周到的安排，国王授予开普勒皇家数学家的头衔，跟第谷一同研究科学。

到1601年，第谷因积劳成疾，终于卧床不起了。他把开普勒找到床前，把自己多年观察的全部天文资料都交给了开普勒，并把自己尚未发表的论文手稿也交给开普勒，请他修正观点，完成自己没有完成的工作。

开普勒深深为第谷那种坚持真理的精神所感动，更加感激他的知遇之恩，他牢记第谷临终前的教导：一定要尊重观测事实。经过深入研究，开普勒终于从火星的运行规律中找到突破口，发现了开普勒三大行星运行定律，完成了第谷生前的愿望。

伽利略和望远镜

1608年，荷兰有位眼镜商人，偶然间把一片凸透镜放在眼前一定距离，就能够看到远处肉眼看不到的景象。他不理解这种奇怪的现象，但觉得这是一种新的发现，便把这种现象报告了他所熟识的科学家。

第二年，这个消息传到了威尼斯。帕多瓦大学的伽利略教授立即敏锐地感到，人类正处在一个巨大发现的门口。如果能够把透镜的这种性能利用起来，人们就有了远望的工具，这种工具将会在实际运用和科学研究中发挥令人无法估计的作用。

于是他放下手头的所有研究项目，到实验室磨起镜片来。和荷兰的眼镜商人不同，伽利略有着深厚的科学知识，他能够有意识、有目的地创造出更好的工具来。首先，他看到荷兰商人发现的现象只能形成物体的倒像，这对观察实在无利。于是，他根据凸透镜与凹透镜成像相反的原理，把两块镜片结合起来，使被颠倒的景象重新颠倒过来，这样，人们看到的便依然是正像了。

为了防止其他光线的干扰，伽利略把两个透镜装在一个圆形的铜管里，人们只要把眼睛贴近凹透镜一端，五十英里外的物体，就好像在五英里外的近处，过去无论如何无法看到的景物，一下子跳到了眼前，这便是世界上第一架实用的望远镜。

望远镜造出来以后，伽利略在威尼斯圣马克广场的钟楼上展出自己的发明，让议长和议员们观看。他们不分年轻年长，都按次序登上钟楼，眺望海港外的船只，他们个个惊奇万分，人人想拥有这么一件神奇的工具。

于是，伽利略在自己的实验室开辟出一个工作间，准备了各种工具，聘请了技工，成批地制造起望远镜来。他一共造了一百多架这样的工具，分送给各国王公和有名的学者，在欧洲引起了轰动。

但是，伽利略并不是位商人，他制造望远镜的目的并不是为了讨好王

公们。在望远镜发明的前几年，一颗新星正掠过欧洲南部的天空，奇妙的天文现象吸引了伽利略，他追踪观察这颗新星足足有半年，并为此做过一次有趣的学术报告。伽利略对天文学产生了兴趣，他正需要有这么一架望远镜，来帮助自己对星空作更详尽的观察呢。

当然，观察天空的望远镜应该比平时使用的高级。伽利略继续改进自己的望远镜，终于制造出一台当时最先进的，用于天文观察的望远镜。它的口径达到5厘米，筒长120厘米，可以把远处的物体扩大32倍，跟开始的只有3倍放大率的简单仪器相比，简直不可以同日而语，伽利略终于有了天文观察的仪器。

在自制的望远镜里，平日熟悉的天空立刻完全改变了它的模样。大家都熟悉的月亮，上面有令人费解的黑影，过去没有人能说清是什么。现在，月亮出现在望远镜里，它上面的阴影就变得十分清楚了，那些黑影居然是高山和深谷形成的。至于近于完美无缺的太阳，伽利略也在上面看到了黑影。看来，教会的理论家们说天上的星星是上帝创造的完美无缺的作品，显然是一派胡言了。

全新的天象吸引着伽利略，他开始夜以继日地观察和研究天文现象。他发现，被亚里士多德称作"地球的水汽"在天空凝聚而成的银河，原来是许多星星聚集而成的。当时的欧洲人还没有发现其他行星周围的卫星，而伽利略通过望远镜，一下子发现了木星周围最大的四颗卫星，它们有时分列于木星东西两侧，一个星期后，东边只剩下一颗，西边却有了三颗，显然是在绕着木星运转。可见，并不是所有星星都在围绕地球运转。

更引起伽利略深思的现象，是他在连续观察金星三个月之后，发现了金星也有像月亮一样的盈亏现象，有时光向东，有时光向西，并非完全是圆形的状态。金星自己是不会发光的，它的光亮和月亮一样，是反射日光的结果。既然金星有盈亏，它就应该在环绕太阳运行，而且它的轨道肯定在地球和太阳之间，这是一种多么大胆的结论呀！就在不久前，哥白尼的太阳中心说被教会禁止了，宣传哥白尼学说的布鲁诺被烧死在罗马百花广场。可是，科学只相信真理，伽利略觉得，望远镜里观察到的一切恰恰证明了哥白尼的日心说是正确的，他要站在日心说一边，宣传真理。

伽利略不怕迫害，他出版了自己第一部天文学著作《星际使者》，系统地介绍了自己在望远镜里观察到的天空，内容十分新颖，文笔十分流畅，具有很强的说服力。

伏特电池

　　电池是人们日常生活中常用到的物品，尤其现在的许多家用电器，更是离不开电池。

　　电池的发明者是意大利人亚历山大德历·伏特。几乎每个人都知道我们现在把电压的单位称为"伏特"，其实这就是为了纪念电池的发明人伏特而给电压起的名字。

　　在过去，电在人们心目中一直是比较神秘的，对它知道得并不多。伏特在意大利帕帕维亚大学当物理学教授时，便对电学有过研究，可后来不知什么原因，他放弃了一段时间。直到后来看见的一篇论文对他产生了影响。

　　1791年，意大利波伦亚大学生物解剖学教授伽伐尼正在对青蛙进行解剖，可是他突然发现了一个奇怪的现象：他解剖的青蛙已死去多时，可当他的手术刀碰到青蛙的神经时，蛙腿突然动了几下。为什么会有这种现象呢？伽伐尼认为动物肌肉里贮存着电，用金属接触时，电就跑出来了。

　　读完论文后，伏特兴奋不已，如果说伽伐尼的结论是正确的话，那人类对电的研究便会前进一大步。想到这儿，伏特就要亲自做一做这个试验。这天一大早，伏特拎了一大铁笼青蛙来到了实验室。他先杀死了一只青蛙，再拿一把刀碰了碰青蛙的腿，青蛙竟毫无反应。伏特皱起了眉头，难道伽伐尼的试验是错误的？不可能，要是真的是错误的话，伽伐尼不会公开发表他的论文的。想到这儿，伏特找来了论文，又仔细看了一遍。现在他明白了，伽伐尼是把两把手术刀一起碰到了青蛙身上。

　　经过一次又一次的试验，伏特终于找到了问题所在，原来，并不是蛙腿上有电，而是两种不同的金属接触，产生的电流刺激了蛙腿，才使它的肌肉充电而收缩。

　　弄清了这个问题后，伏特就全力研究金属和电的关系。可是由于电压

太小，有时根本难以发现一些问题，便会造成观察不准确。那用什么办法来解决呢？伏特想了半天，也没得到一个准确的方法。

这天吃完饭，伏特一个人倒背着手在屋外散步，不知什么时候下起了小雨，而伏特好像没有察觉，依旧在雨里走着。这时，迎面过来一辆马车，伏特也没看见。驾马车的车夫吓坏了，他生怕撞到伏特，忙一勒缰绳。那匹马猛地站了起来，停住了脚步。伏特这才注意到眼前的情景，他也惊出了一身冷汗。这一身冷汗让伏特一下子想起了一个问题。人能对意外的情况产生反应，那么电呢，或许也应该能产生反应。想到这儿，伏特高兴地一拍手，朝自己的试验室跑去。

伏特决定拿自己做试验。伏特取出一块锡片和一枚银币，让助手把这两种金属放在自己的舌头上，然后用金属导线把它们连接在一起。伏特认为人最敏感的部位便是舌头，所以只要有一点点电流，他都会知道。

伏特的助手知道了伏特的这个想法后，呆住了，他不明白伏特怎么会想出这么个歪点子。电可不是闹着玩的。他手里握着导线，对伏特说："电可不是好玩的，万一出事怎么办？"

伏特瞪了助手一眼，喊道："你是我的助手，叫你干什么，就应该干什么！"助手没有办法，只好照办。

伏特细细地体味着口里的滋味——突然，他"呸"的一声把嘴里的金属玩意儿吐了出来。原来，他感到满嘴的酸味儿。接着他又让助手找来一把银勺，换下了那枚银币。这回，伏特把银勺和锡片交换了一下位置，当助手把金属导线接通的一瞬间，伏特感到嘴里像含了一口盐水。这个实验证明，两种金属在一定的条件下就能产生电流。伏特又进一步设想，电流如果能引出来的话，那对人类肯定会有很大的帮助，可又有什么东西能装这些电流呢？

有了思路后，伏特开始了更深入的实验，他找到了一些能导电的金属，对这些金属的导电性进行了测量后，发现铜板和锌板的导电性能最好。于是，伏特用一些交替堆叠的铜板和锌板，在中间夹上卡纸和用盐水浸过的布片，终于发明了被后人称作"伏特电堆"的电池。

如今，伏特发明的电池被后人不断改进，为造福后人作出了贡献。

马可尼和无线电通讯

1876年，马可尼诞生于意大利的波罗尼亚。

马可尼的童年并无任何可以炫耀的东西，他是一个普通得不能再普通的孩子。中学毕业后，马可尼考入波罗尼亚大学，在那里他遇到了一位叫里奇的教授，这是马可尼一生的转折点。当时，里奇正在热衷于研究和宣传电磁波，电磁波一下子就吸引了马可尼，他虚心地向老师学习，很快达到了可以独立实验的水平。打那以后，20岁不到的马可尼心中便有了一个伟大的理想：一定要用电磁波实现不需要导线的通讯。这个振奋人心的大胆设想使马可尼干劲倍增。

每回做完试验，马可尼回到家中，都疲惫地躺在床上，可是一合眼，他都梦到地球那头的人，对着话筒，就能互相通话，这是一件多么有趣的事，那世界之间的距离肯定缩短不少，如果有急事，也用不着跑那么远的路，只要对着话筒……想到这儿，马可尼不知多少回都从梦中笑醒了。

1895年，马可尼到格列丰继续做无线电实验，但由于意大利政府的腐败和落后，使马可尼的发明得不到重视。那天，马可尼把自己的实验报告和论文寄给了意大利的有关部门，他满怀信心地在家里等着政府给他消息，一天天过去了，可是根本没有任何音讯。马可尼终于等不及了，他去找了有关部门，可回答却令他失望。出来后，马可尼一屁股坐在了台阶上，难道他那么长时间的努力竟这样白白浪费了吗？不，不能！不能让自己的成果就这样付诸东流。想到这儿，马可尼又建立起了信心，他相信一定会有人赞同他，支持他的实验。

1896年，马可尼来到了英国。英国人很快就意识到马可尼发明的意义，并使马可尼在最短的时间里取得了专利。历史往往有惊人的相似，最早发明有线电的德国数学家高斯和大物理学家韦伯都非常想架设较长的电报线，可由于当时的德国正处在诸侯割据的局面，他们的想法是根本不可

能实现的，现在马可尼的发明也正面临同样的问题。

马可尼的发明取得专利后，反而引起了法国、意大利的重视。1897年，马可尼回到意大利创办了无线电公司，向社会推广他的发明。同年，又在英国成立了由马可尼担任董事长的无线电报公司，并且首次实现了横跨英吉利海峡的无线电通讯。

初步的成功后，马可尼便到世界各地去游说、实验、展示和推广他的成果。通过对航海中、陆地上、军事战争中无线电通讯的反复实验和改进，马可尼的电报系统越来越完善。1903年，马可尼从意大利热那亚发出的信息直达澳大利亚，引起了世界轰动。

1908年，一次意外的事故又为马可尼无线电带来了极大的荣誉。当时，"共和国号"轮船与另一艘大船在海上相撞，眼看快要沉没了，轮船上发出无线电求救信号，附近很多地方都收到了信号，一些船只都以最快的速度前去急救。由于无线电的功劳，大部分船员都被救了出来，事后，那些获救的船员没有一个不感激无线电和马可尼。就在这一年，马可尼得到了诺贝尔奖。

电报的应用成功后，马可尼并没停留在过去的成绩上，而是开始向另一座高峰攀登。1912年，马可尼发明了定时火花系统，后来又与富兰克林合作实验用短波发送无线电，并再次获得成功，为通讯事业的发展又一次作出了贡献。不仅如此，在马可尼去世前，他还宣布了"微辐射"系统的实验成功，这一切使得由于社会历史进程及社会生活节奏加快后，在时间上虽不久远，但在形式上已显老旧的电报、电话系统的改革、更新成为可能，并使人类通讯事业的再发展成为可能，为人类通讯事业的再发展展现了无限广阔的前景。

无线电通讯，在一定意义上把人类从旧的束缚中解放出来了，有了它，才使古老的航海业登上了一个新台阶；有了它，才有航空事业的大发展，才为后来的航天、通讯、电视及现代全球通讯网的建立提供了可能。讲到这些，我们不应该忘记这位伟大的发明家——马可尼，我们不仅应该感激马可尼的发明，还应该感激他为推广和改进人类通讯事业所作的不懈努力。

在1933年，马可尼还到了中国，并给中国人留下了很深的印象。为了这次难忘的访问，中国交通大学还建造了马可尼纪念柱，以作永久之念。

肉眼看不见的世界

　　显微镜的发明者列文虎克的童年生活并不幸福。1632年，他出生于荷兰德尔夫特一个酿酒工人家庭。16岁那年，父亲便去世了，家庭经济发生了严重的危机，没有办法，列文虎克只好过早地离开了学校去了首都，当一名学徒工。但是，列文虎克并不十分悲观，他为自己能来首都开阔眼界感到挺高兴的。

　　列文虎克最喜欢去的地方，是离他住处不远的一家眼镜作坊。由于列文虎克对于用眼睛并不是太在乎，所以他的眼睛有些近视。他有了一点钱，便配了一副眼镜，戴上眼镜，整个世界都清楚了。对于眼镜，列文虎克一向都感到很奇怪，为什么这小小的镜片一架在鼻梁上，世界都变得清楚了呢？那么，有没有这样一种镜片，不管看什么东西，都能把它放得很大，要是能做到的话，不是可以揭开自然界许多奥秘了吗？

　　想到这些问题，列文虎克便向眼镜店的店员询问有没有这种镜片，店员们听完他的话后，都以为他讲的是放大镜，可列文虎克却摇了摇头，他托着下巴说："比放大镜还要放得大，它能看到血液里的东西。"

　　店员们都笑了，对于这个年轻人的想法，他们都认为十分荒谬，根本不可能。

　　从店员们的笑声中，列文虎克感到自己受到莫大的嘲讽，列文虎克暗暗下了决心，一定要磨出这样的透镜！这下，列文虎克可忙了，他只要一有空闲，便往眼镜店里跑，一开始，没有人理睬他，他就站在边上看着别人磨镜片，时间一长，有些老工匠就被列文虎克的好学精神给打动了，他们向列文虎克传授磨镜片的方法和窍门。越磨列文虎克就越感到自己在知识方面的不足，为了提高自己，他四处寻找有关这方面的科学著作，但是这些著作大多数是拉丁文，列文虎克又读不懂，他只好自

己朝前摸索。

在列文虎克21岁的时候，学徒生涯结束了，列文虎克开始自谋出路。他回到了家乡，在市政厅里谋到了一个传达员的职位。由于工作挺轻松的，使他有足够的时间继续磨制和研究透镜。1665年，列文虎克终于成功地磨制出第一块透镜，这块透镜的放大倍率很高，可以把鸡毛看成树枝那么粗大。接着，他又磨制了一块，并把它和原来的那一块重叠在一起，通过调整两者之间的距离，看到的物体更大了。但是由于调整距离非常困难，稍有出入，看出的物体就模模糊糊的，于是，列文虎克又制成一个架子和铁筒，把两只透镜装在铁筒两头，中间又按上一个可以调节两片透镜距离的旋钮，这样，就能方便地看清东西了。后来，他又在铁筒上钻了一个小孔，让光线射进来，从而取得了更好的观察效果。列文虎克的第一架显微镜在当时可以说是最精确的了。

成功给列文虎克带来了极大的兴奋，他开始磨制更好的镜片。在他的显微镜中，有的透镜直径小到只有几毫米，但却能将物体不变形地放大到300倍。

列文虎克的显微镜引来了很多人的观看，城里的一位叫格拉夫的名医听到这件事后，也来登门拜访，如此精确的显微镜惊得他张大了嘴巴，他兴奋地拍了拍列文虎克的肩头，大声说："列文虎克先生，你的发明太了不起了，你应该把它和各种观察记录送到伦敦皇家学会去，你要明白，你的发明可不是自己一个人的，而是我们荷兰人的骄傲！"

1673年，列文虎克把他的观察记录寄到了伦敦皇家学会，然后他就什么也不管了，继续埋头磨制镜片，观察物体。

1674年，列文虎克发现了血液中的红血球。第二年，他观察到了细菌，从而闯进了没有人知道的新的生物王国。经过反复实验之后，列文虎克完全证实了自己的判断。于是，他把观察到细菌的记录又寄送给了伦敦皇家学会。以后，他每有一次新的发现，就把它送到那里。

列文虎克的发明让皇家学会的人都不敢相信，为了证实这些，他们派了一批科学家到荷兰去，看看列文虎克的观察记录是怎样得来的，他的显微镜又是怎么制作出来的。

鉴于列文虎克的发明和发现，1680年，48岁的列文虎克被选为英国皇家学会会员。他一共向皇家学会送了375篇观察记录，它们篇篇都是了不

起的科学论文。这位学徒出身的微生物学家，一生从未离开过自己的家乡，可他却把人们带入了一个新奇的世界。

1723年，列文虎克91岁了，他把自己一生中做出的最好的显微镜送给了皇家学会，而在这之后的两天，他安静地离开了人世。

舍勒的新发现

17世纪的50年代，瑞典的斯特拉尔松城里有一位身体瘦弱的13岁的孩子，他叫卡尔·舍勒。他虽然出身在一个商人家庭，但对经商却天生不感兴趣，他爱好的是当时非常流行的制药业。在17世纪，还没有系统的医疗事业和制药商，人们生起病来，只能靠药房里的药剂师，他们既是医生，又是药品的制造人，这可是十分受人们欢迎的职业。

于是，13岁的舍勒早早地踏上了艰难的生活道路，成为哥德堡一家大药店的学徒。当时的药学还没有跟化学分开，在人们的脑子里，化学就是药学的科学，所以，从这个时候开始，舍勒就步入了化学的殿堂，凭着他的执著追求，发现了许多自然规律。

当学徒是辛苦的，当药房里的学徒更苦。当时的化学，还没有形成科学的系统，它脱胎于古代的炼丹术，有许多错误的观点支配着一切，即使是比较成功的制药过程，也常常是种种实验凑合的结果。如果只想当一名合格的学徒倒也简单，可舍勒不是这种人，他偏偏要在平凡的制药工作里有新的发现、新的创造，当一名出色的药剂师兼化学家。于是，他在向药店主人包赫学习实际操作技术时，还精心钻研当时最出名的化学家的著作。因此，他已经能够独立思考，甚至发现包赫先生的错误。

这一天，包赫先生告诉他，药店里有一种叫黑苦土的药，绝不能跟另一种叫"盐精"的液体混合，否则，两种药都会失效。好奇的舍勒听在心里，晚上就偷偷去实验室，他要用实验证明包赫先生说的话。可是，当他从两个注明是"黑苦土"的器皿里取出那种药跟"盐精"混合时，却发现其中一份根本没发生变化。这是为什么？他研究了大半夜，终于弄清了包赫先生的错误：他的这位资深的药剂师老板把石墨和另一种外貌相似的黑色矿石都叫作"黑苦石"，而石墨跟"盐精"是不会发生什么变化的。

有了知识又长了胆识的舍勒很快成长为出色的药剂师，他先后在设备

优良的斯德哥尔摩沙伦贝格大药房和乌普萨拉大学实验室工作，成为最受欢迎的青年化学家。当时，他才25岁。

在实验室，舍勒发现了银盐被光照射后会还原出黑色银粒的特性，这便为以后照相底片的发明奠定了科学基础。他接着对各类有机酸产生了兴趣，他提炼出乳酸、草酸、苹果酸、没食子酸，成为这方面的专家。有一天，他在去实验室的路上，看到一排从意大利来的酒桶，他发现空桶里边，都有一层红色硬壳。便敲下一块带回去研究。结果发现，这种硬如石块的凝结物能溶于硫酸，变成晶体状的透明物，这种透明晶体能溶于水，有一股酸味，能作医病的药，他把这种药叫作酒石酸，舍勒因此出了名。

但是，舍勒取得的最大成功还在于他对黑苦土的深入研究。对这种黑色的矿石，舍勒在当学徒时候就十分熟悉。但是，一直不知道它是什么物质，现在成了化学家，他就能够充分地对它进行研究了。

和对待一般物体一样，舍勒把黑苦土和盐酸混合在一起加热，只见混合物冒出一阵刺鼻的气味，这种气体略呈绿色，他便称这种气体为"氯气"。这时候黑苦土变成了白色的物体，原来黑苦土便是二氧化锰，白色的物体是氯化锰，只是当时人们并不知道有金属锰这种元素。

后来，舍勒又把黑苦土和更强的酸——硫酸混合起来加热，便生成了硫酸锰、水，还冒出一种无色的气体。这种气体很活泼，能使火燃烧得更旺。为了不使这种气体消失，他把这种气体收集在猪尿泡里，以供研究。

这以后，舍勒继续研究，发现加热硝酸镁、碳酸银或碳酸汞后都会泄出一种无色的气体，其特点跟黑苦土加硫酸时发生的气体一样，能帮助燃烧，而且这种气体本来在空气中也大量存在，是万物赖以生存的"活命气体"，在得出这个结果后，他正式把它命名为"氧"。氧的发现，打破了统治化学界许多年的"燃素"说，在科学史上有重大的意义。

后来他用碳还原了黑苦土中的金属，发现了锰元素，他把白色钨矿引进化学，人们把它称作"舍勒矿"；另一种可以作绿色染料的砷酸铜盐也是舍勒发现的，商人们也称它为"舍勒绿"。同时，他那本专论氧气的著作《论火与空气》在1777年出版。

舍勒就是这样从一个药店学徒成长为著名的药剂师和化学家。他能够有这样的成就，全凭着对科学的热爱和对事业的无限忠诚。

无所不在的大气压

1654年的一天，德国东南部一个名叫雷根斯堡的小镇上人头攒动，异常喧闹。原来，皇帝将圣驾光临，为的是观看一位名叫盖利克的人进行表演。

什么表演这么好看，居然把皇帝都吸引来了？一时间镇上的人们议论纷纷，都想一睹这次不平凡的表演。

不一会儿，表演开始了，雷根斯堡镇万人空巷。老百姓倾城而来，密密匝匝地围聚在镇中心的广场上。

这时，只见广场上站立着十六匹雄赳赳、气昂昂的骏马，分成左右两队，每队各有八匹马。两队骏马彼此背向排列，用铁链和绳索牵引着一个直径为25厘米的铜球。这只铜球是表演者盖利克事先在铁器店里订做的，中间是空心的，它由两个半球合拢而成。两个半球的边缘经过精心打磨，显得十分平整，因此能紧密地吻合在一起而不会漏气。表演之前，盖利克先用抽气机将铜球内的空气全部抽光，铜球里面形成了真空。

"开始！"盖利克一声令下，只听两边的马夫"啪"地甩响马鞭，策马往各自的方向奔去。谁知这些马使足了劲儿往前拉，却怎么也无法将两个半球分开。

皇帝看呆了，老百姓们也傻了眼，他们怎么也难相信这十六匹高头大马居然拉不开这两个紧紧地贴合在一起的半球！更令人费解的是，盖利克让骏马停下来，然后拿起铜球，轻轻地拧动开关，只听"哧"的一声，铜球被轻而易举地分开了。

盖利克解释道："其实这里面也没有什么魔力，主要是因为铜球里面的空气被完全抽走了，球面所受到的大气压力将两个半球紧紧地挤压在一起。而一旦把空气再放回铜球里面，里外压力相等，就很容易将它们分

开了。"

真是神奇无比的大气压！

原来，盖利克以极其生动的演示，让人们大致了解了大气压。

可是，大气压力究竟有多大呢？不少科学家对此进行了探索。

意大利著名的科学家伽利略早就注意到空气有重量这一事实。他做过一个实验，将一个装有空气的瓶子密封起来，放到天平上与一小堆细沙平衡。然后，他设法用打气筒往这只瓶子里打进更多的空气，再加以密封。结果发现，这时瓶子在天平上显得比以前重了一些，必须在沙堆里再加上一两粒细沙才能保持平衡。显然，瓶子变重是因为里面的空气增加了。因此，伽利略断言，空气是有重量的，尽管它的密度很小。

古希腊著名学者亚里士多德这样说过："大自然讨厌真空。"意思是在大自然中，空气无所不在，一旦真空出现，就像"水往低处流"那样，空气也涌向真空去填补。猛一看，这句话似乎很容易解释这么一种现象，即人们常用虹吸管来输送水。因为大自然不允许真空的存在，因此，虹吸管中空气一抽走，水就像空气那样涌过来填充，这样水就被抽吸下来。

但是，新的问题接踵而来，一旦虹吸管跨越高度为10米以上的山坡时，水就输不上去了。这是为什么？伽利略说，那是因为大自然对真空的"厌恶"也有某种限度，到了10米以上的真空，它就不再厌恶了。这种解释不尽科学，而且有些牵强附会，没有触及问题的实质。

后来，伽利略的学生托里拆利天才性地提出：空气有重量就自然而然会产生压力，就像水会产生压力和浮力一样。虹吸现象的产生正是因为空气的压力将水往管子里压，可一旦压到10米高度时，水柱的压力和大气的压力两者持平，因此水再也压不上去了。

也许有人会问："大气压力不就等于10米水柱的压力吗？"

一点不错。不过，为了证实这点，托里拆利和他的助手设计了一个简明而又精巧的试验。因为测定10米高的水柱极不方便，托里拆利采用了密度为水的13.6倍的水银。他特制了一根一米长的玻璃管，一端封闭起来，一端开口。然后将水银灌入管内，用手指摁住开口的一端，再将管子颠倒过来放进盛满水银的大瓷碗中，然后再放开手指。这时，管中的水银很快下降，流到碗里，但是，当它下降到距离碗中的水银表面还有76厘

米时，稳稳地停住了。稍微换算一下，就可以知道，76厘米高的水银柱产生的压强，正好和10米水柱产生的压强相等。

今天，大气压已经成了普通的常识。我们将钢笔伸进墨水瓶里汲取墨水时，或者用麦管吸饮汽水时，都是大气压在帮我们的忙。大气压几乎无所不在、无时不在，相伴在我们的周围。

近代地理学科的鼻祖

　　从很小的时候开始，亚历山大·冯·洪堡就对大自然产生了无穷的好奇心，特别对地理学发生了兴趣。从1790年开始，他和旅行家乔治·福斯特两人，循莱茵河岸徒步旅行到荷兰，然后乘船去英国。一路上，他产生了许多新的想法，认为人类应该谨慎地利用地球，而不应该无原则地掠夺地球资源。

　　他的这种想法，一直困扰着他。进入萨克森的弗赖堡矿业学院时，他思索着这个问题；在弗朗科尼亚矿区担任检查主任时，他也思索着这个问题；在巴伐利亚、奥地利、瑞士和意大利访问时，他更思索着这个问题。

　　到了1798年，他母亲去世后，他再也没有家庭的牵累了，于是，他果断地辞去政府官职，到巴黎购买了一批野外考察的仪器，开始了对地球的有计划的考察活动。他要到大自然中去，寻找人类和地球的关系，发现新的科学规律。

　　第二年，洪堡与法国植物学家埃梅·邦普生结伴登上了"毕查罗"号海轮，从西班牙出发，远涉重洋，来到了美洲。在那里，大自然正因为人类的活动开始发生变化，正是洪堡研究自己课题的好地方。

　　来到委内瑞拉首都特古西加尔巴，洪堡从市区往西南走出80公里，便来到巴伦西亚湖畔，这里是洪堡考察的第一站。他在大学的教材中，知道这是一个比较大的淡水湖，可是，现在它却比以前小多了，从四周的物候特征来看，这种缩小的趋势还在继续。是什么原因造成这种变化呢？洪堡一定要把这种改变大自然面貌的原因找出来。

　　洪堡和埃梅·邦普生几乎走遍了巴伦西亚湖地区。他们发现，湖底的土壤开始升出湖面，有些平坦的湖底已经开始生长谷物；流入巴伦西亚湖的河流，流量也大大减少，有的甚至已经干涸。经过仔细的观察，洪堡终于得出结论：巴伦西亚湖的变化跟人类的活动有关，其中最直接的是森林

被破坏。

洪堡严峻地指出：砍掉覆盖在山岭上的植被会在未来时代产生极大祸害。森林一旦被毁坏，泉水就会缩减或完全干涸。山坡上的植物也会消失，一旦再降暴雨，洪水就会把地面切割成沟谷，带走土壤，冲毁田地。人类的本意是利用自然，但只要走过了头，就会走向原意的反面。

洪堡不仅对人类聚居区作了考察，还不畏艰难，深入南美大片无人居住的原始森林地区，进行了测量制图。1800年，他和邦普生沿着委内瑞拉东部的奥里诺科河，步行了2070多公里，边考察边绘图。

一路上，他们不得不用香蕉和鱼充饥，过着原始人般的生活。成群的蚊虫在他们头顶飞舞，毒蛇和鳄鱼在他们前进的道路上出没。他们就在这样艰苦的条件下继续工作，绘出了精确的地图，搜集了大量珍贵的植物和岩石标本。在他们搜集的植物中，有一种能提取箭毒的植物，洪堡等人是最早把这种神秘植物带回欧洲的人。

对南美洲的高山，洪堡没有放过，他们对厄瓜多尔境内的许多火山进行了考察，为了收集火山喷出的气体，他深入到活火山口的深处。以后，洪堡他们又爬上南美最高的安第斯山脉，留下了用温度计、空盒气压表测得的数据，为以后的继续研究提供了宝贵的第一手资料。在这次登山考察活动中，他们攀上了琴博腊索山的顶峰，他们创造的攀登5800多公尺的登山纪录，一直维持了29年。

从高山上下来，洪堡又对南美洲的海岸作了调查。在厄瓜多尔的瓜亚基尔一次航行中，洪堡创造性地在浅海和深海作了温度测量。他发觉，海水在各地区温度有变化，浅海和深海的温度也有差别。是什么引起这种变化的呢？

经过深入研究，洪堡发现，海水是在不断地流动的，一些温度低的海水水流正沿南美洲海岸运动。洪堡发现了一支冷水流，后人把它称作洪堡海流。洪堡还发现，海底也向上翻腾着冷水流，这样就首次描述了海水的运动，给后人对洋流的研究积累了丰富的资料。

洪堡在中南美洲的考察一共进行了五年，行程数万里，最后在古巴的哈瓦那结束了这次活动，带着大量的资料回到了欧洲。他定居在巴黎，潜心研究这五年积累的资料，开始了著述的生涯。

洪堡的第一本研究成果名为《新大陆热带地区旅行记》，在这本书

里，充满着异乡情调，提供了详细的资料。全书只有一个中心：人们只有更有效地利用自然资源，才能实现一个国家的普遍繁荣。

他的这种一针见血的理论，在学术界引起了轰动，对后人的启迪更大。许多著名的学者曾经仔细读过洪堡的书，达尔文就是其中一位。

洪堡把自己的全部时间都献给了科学事业。35岁以前，他展开实地考察，积累了大量资料。他35岁从南美回欧洲后，又潜心著作，对事业的热爱让他忘记了自己，他错过了结婚的年龄，没有家庭，没有子女。

但是，他在科学史上有着极高的地位，他是地理学科的开山鼻祖、近代地理学科的奠基人。他在中南美洲留下无数脚印，证明了他是一位永远好奇、永远动脑筋的科学"青年"，他将与他研究的高山大海一样，既古老又年轻。

错误之柜

1824年，德国的吉森大学迎来了著名的化学家李比希。吉森本是德国黑森地区的一个小城镇，自从李比希从法国归来，吉森立刻变成了德国化学的研究中心，世界各地的化学青年，纷纷投奔到李比希的大旗下。李比希因为在有机化学方面卓越的贡献，对广大的青年化学家有强大的吸引力，他也千方百计地把有志于化学研究的青年聚集到自己周围。他在吉森大学开辟了一个学生化学实验室，每一个热心于化学研究的青年学生，都可以在这个实验室里找到自己的位置，得到李比希和学校在物质和理论方面的帮助、指导。

这一天，李比希正在和学生讲解化学分析的方法，一位实验室的工作人员捧来了一个包裹，说是从柏林寄来一瓶溶液，因为寄件人无论如何不能确定这瓶从海水里提炼出来的物质是什么，特请伟大的化学家李比希博士替他们解决这个疑团。

真不巧，李比希正在讲课，他无心对这包邮件作详尽的分析化验。李比希随手打开瓶盖，一阵刺鼻的气味立即充满了实验室，稍懂化学实验的人都会知道，这种气味跟大家熟悉的氯气十分相似。李比希迎着窗口透进的阳光，举起那只瓶子，大家看到，瓶子的底部，薄薄地贮存着一层红棕色的液体。

噢，李比希立即得出了结论，气味是氯元素的特征，颜色嘛，真像自己几年前发现的化合物氯化碘。大海里，有的是氯化物，大海里的植物海带，就是富集碘元素的生物，也不知道柏林那边采用什么程序，居然合成出难得的氯化碘来。大约他们也知道，氯化碘是我发现的，所以才寄给我，让我来确定。

于是，李比希把自己的思考以及氯化碘的特点一一介绍给在座的学生听。讲完后，他从桌上取过标签，工工整整写上氯化碘的分子式，贴在瓶

子上，招呼实验室的工作人员把瓶子密封好，放到柜子里保存起来。这一放，便放了好几年。

这本是件小而又小的插曲，大多数在座的学生只会把它当做过眼烟云，连李比希都说过了，还会有什么问题？那些对李比希极端崇敬的学生，还在自己的笔记本上记下了这件事，那意思当然是大科学家目光如炬，一眼便辨出了氯化碘的特点。

要不是在座的一位青年学生有一段奇遇，李比希辨氯化碘一事就会了结，今后再也不会有人提起。在当时听李比希授课的学生中，有一位柏林来的巴拉德。他听过李比希的讲解后，心中不免产生了一点疑问，一位大师级的学者，如何能只凭外表的颜色和气味，既不问提炼的方法，又不作细致的分析，就这样武断地肯定瓶中的东西是氯化碘呢？这跟大师本人一再倡导的科学态度岂不是背道而驰吗？亚里士多德曾有一句名言："我敬爱柏拉图，但我更爱真理。"看来，爱师与爱真理有时候是矛盾的。巴拉德觉得自己应该像亚里士多德一样，为了科学事业坚持真理。

在回到柏林之后，巴拉德就设法找到了当时送包裹给李比希的化学家，向他了解那瓶液体提炼的经过。可是，出于对李比希的尊敬，对方把提炼出来的液体统统送到了吉森，至于如何提炼的，那人也只有一个大概的步骤，而且采用的材料，本身也不纯净，提炼出的液体实在说不清楚，要继续研究下去，实在是连边也摸不到。

巴拉德在困难面前毫不退缩，他按照柏林那位化学家第一次提炼的大致程序，一步一步重新开始了研究。经过两年的努力，他终于重新提炼出了那种液体……红棕色的，散发出一种刺鼻气味的化学物质。但他无法证明自己的液体跟当初送到吉森的完全一样，他只能独立地对自己的成品作化学鉴别。

鉴别的结果，让巴拉德大为惊奇。这种液体并不是一种化合物，而是一种元素，一种谁也没宣布过的新元素。它确实发散出跟氯气差不多的气味，跟氯气一样，对人类有毒害，而且，它的许多化学性质跟氯气也差不多。但是，氯气的水溶液略呈绿色，这种元素的水溶液却是红棕色的，这种元素不如氯气那么活泼，显然是一种跟氯差不多的"类氯"的元素。

巴拉德在取得必要的证据后，宣布自己发现了一种新元素，他把这种元素命名为"溴"。在学术报告中，巴拉德公布了溴的化学性质，指出了

它跟活泼的氯元素的异同，并公布了从海水中提炼这种元素的方法。他不能肯定被李比希认定为氯化碘的液体跟自己的溴完全一致，他只能把自己的报告寄一份到吉森，向自己过去的导师汇报。

李比希读到了自己学生的报告，再取出自己柜中的溶液作分析，发现它们的外表和特征完全一样，他感到后悔，由于自己的疏忽，一种新的元素本应在几年前公之于世，现在却拖延了好几年。于是，李比希公布了自己的失误，并在吉森大学的学生实验室里设置了一个"错误之柜"，对公众展示那瓶液体，教育每个青年学生对化学结论要万分谨慎。

西门子开辟新天地

在当今的世界，有哪项事业能离开电呢？从最简单的照明灯，到最复杂的电子计算机，都不能没有电能。离开了电能，整个世界将坠入一片黑暗之中，所有的机器将不能运转。要生产出电能来，无论是火力发电、水力发电，或者是核能发电，都要使用发电机。而世界上第一台有价值的发电机，是一位德国的工程师为了发展自己的事业发明出来的。对自己事业的极端热忱促成了发电机这一彻底改变世界面貌的伟大创造的诞生。

他便是德国工程师西门子。西门子1806年诞生在德国的兰德市，从年轻时开始，便对科学产生了强烈的兴趣。可是，他的父亲无力供应自己的儿子到大学深造，西门子只得到德国军队中当了一名军官。枯燥乏味的军旅生涯不但没有消磨掉西门子对科学的热爱，德意志军人的坚强意志反而促成了他对事业的不屈不挠的追求。

当西门子离开军队，到柏林跟好友爱尔希德共同创办了一家电报设备公司后，他便把毕生精力投入到了自己的事业，逐渐成为一名小有名气的电器设备工程师。

当时，提供电报电能的，是一种既笨重又不经济的老式发电机，它能提供的发电量极其有限。这种发电机的电磁铁靠的是伏打电池的激磁。伏打电池体积笨重，费用昂贵，价格是普通蒸汽能的50倍。使用这种发电机提供的电能拍发电报，电报这种便捷的通讯方式便永远只能是贵族和富人的游戏。

作为一名电讯工程师，西门子感到有责任改变发电机严重影响自己事业发展的现象，况且，他自己还同别人合伙开着那家电讯器材公司呢，总不能眼睁睁看着自己的公司永远得不到进展，老是这样不死不活地迁延下去吧。

他深感知识的匮乏。在当时，电磁学还是门高深的学问，他没有到大学深造过，一切都要靠自学把过去失去的补回来。于是，他一头扎进了知识的海洋，努力掌握有关发电原理的理论知识。

早在一百多年前，法拉第就发现了电磁感应现象。利用导线切割磁场产生电流的原理，人们早已制造出原始的发电机。开始的时候，发电机用的是天然磁铁，由于天然磁铁的磁场太弱了，能产生的电流只具有理论意义，不能作为工作能源。后来，人们开始用电磁铁代替天然磁铁，磁场是强了，发电机却背上了沉重的包袱，要靠伏打电池产生磁场，附加设备十分笨重，价格也十分昂贵。发电机还只是一种玩魔术般的演示仪器。

现在，是应该由西门子来开辟新的天地了。他有丰富的实践经验，决不囿于学院式的教条，只要能达到目的，任何不合经典理论的办法他都愿意试一试。切割磁场的导线越长，产生的电流便越强，他便把导线改造成能在磁场里旋转不停的转子，由蒸汽机提供动力；同时，他改良了电刷，使产生的电流更加稳定。

但这一切都还是白费力，发电机那个沉重的包袱还没扔掉，伏打电池像幽灵般死缠着发电机，不解决电磁铁供电问题，西门子的一切努力都会落空。

经过长时间的钻研，西门子终于想到了解决问题的办法。他想，这发电机就好比一位资金充裕的制造商，自己口袋里有的是钱，何不把它充分利用起来，为什么一定要去掏客人的腰包？让伏打电池这个外来客见鬼去吧，发电机自己发出的电能足够电磁铁用的了。

于是，西门子改变了他激式的电磁铁供电系统，设计了一套传输系统，把发电机发出的电能分一部分给电磁铁，这样一改，只要蒸汽机带动发电机转子，发电机自身就能让电磁铁拥有必要的磁场，电能就源源不断地产生出来了。

1867年，由西门子改进了的自馈式发电机终于问世了。这种发电机完全抛弃了笨重的昂贵的伏打电池，体积、重量变小，电能价格也降低到一般民众可以承受的程度。抛掉了沉重的包袱，发电机本身有效体积得以增加，发电量也大大提高了。西门子对发电机的改良，开拓了一个崭新的电能时代，直至目前，各种各样主要的发电机组，沿袭的还是一百多年前西

门子发明的方法。

从此之后，西门子的发明创造日益增多。他发明了电镀的方法，把电能引入了化学工业，在其他电气技术方面，他也有自己众多的发明创造，西门子成了一名真正闻名于世的电气大王。

西门子不是一个高深的理论家，当初他要改革发电机，目的只是为了发展自己经营的电讯机械事业。但是，对自己事业的无比热忱，使他克服了无数的困难，他的发明创造最终影响了整个世界。西门子的成功证明，对事业的热爱，为事业奋不顾身的精神，是促进人类进步的巨大动力。

奥托和内燃机

自从瓦特发明了新型的蒸汽机，不仅工业有了合适的动力，而且陆地上出现了火车，大洋里航行着轮船，蒸汽机找到了用武之地。可是，在陆地上没有铁路的地方，跑着的依旧是马拉的车。蒸汽机太重了，它没有办法装在马车上。

于是，科学家们竭尽全力，要发明另一类发动机，来代替马匹，让那些替人类拉了上千年车的牲口退出历史舞台。他们知道，这种新的发动机必须跟蒸汽机不一样，它不能采用在机器外燃烧煤，产生蒸汽来推动机械，而要让这种燃烧过程发生在机器内部，工程师们研究的，便是一种轻便的"内燃机"。

到19世纪50年代，第一批内燃机果真问世了，法国工程师鲁诺瓦尔用煤气推动了他的两冲程内燃机，还把它装上马车，在巴黎街头展示。

这在当时确实是一个了不起的发明创造，因此轰动了整个欧洲，引得各国的发明家都专程赶到法国去参观。

20岁的德国人奥托也到巴黎目睹了鲁诺瓦尔的机器马车。但他跟那些激动不已的其他观众不同，他更多地看到了鲁诺瓦尔内燃机的缺陷：气体燃料发动机热效率太低，消耗的燃料比蒸汽机大得多，把它当作展品还差不多，实用价值却不高。他下决心要研究出一种新型的、高效率的发动机来。

这样的发明创造对奥托来说，确实不是一件容易的事。他在学校虽然是位优等生，但父亲的早逝使他无法完成自己的学业，他16岁便离开了学校，到一个小镇的杂货铺当学徒，后来又在法兰克福当职员，甚至干过旅行推销员。

他从事的尽是商业工作，对机器制造实在是个外行。

但是，一切困难并没能阻止奥托去实现自己的理想。他认真学习机

械制造的知识，熟悉所有动力机械的原理，特别对鲁诺瓦尔的机器作了全面彻底的分析。奥托找到了两冲程内燃机的弱点，尽量改变它不合理的结构，终于想出了改进这种动力机械的办法。

奥托知道，内燃机工作的原理是引爆气体推动活塞，让活塞运动的形式转变为车轮的旋转。关键问题有两个，其中一个是要采用怎样的燃气，可燃气体跟空气的正确比例应该是什么；第二个是活塞的运动方式，怎样使进气、压缩、点火、排气四个步骤一气呵成，以减少燃料的消耗。

经过反复的设计与实验，奥托终于解决了两个关键问题：他找到了提高效率的混合气体的配方，使点火之后的爆炸力更大；他采取了四只气缸联合动作的四冲程方式，每一次运动，四个气缸分别担任进气、压缩、点火、排气工作，四个冲程于是变成了统一的整体，整个内燃机的活动便变成了连续不断的过程。

可是，理论上行得通的问题放到实践中去，还会产生意想不到的困难。奥托的混合气体爆炸力是大了，强大的冲击力确实能使旋转速度加大，曲轴能够不停转动了，轴承和接头却无法承受这么大的冲击力，整整一年中，奥托承受了无数次的失败，报废了数不清的轴承，机器依然无法长时间正常工作。

奥托决定暂停自己的试验，到伦敦参观产业博览会，学习新的知识。伦敦之行果然没有白费，他学到了瓦特的经验，利用大气压原理，在气缸内压力降低、形成负压的时候，让大气压作用于活塞，把活塞推下，再进入第二个压缩过程。这样一来，混合气体就不必那么浓，反而能节省燃气了。

根据新的设想，奥托很快制成了发动机。可是，意想不到的困难又降临到他头上，普鲁士专利局居然拒绝了他的专利申请，说他的发动机不可靠。

奥托被逼到了山穷水尽的地步，他为了试验发动机，已经花光了自己家庭的最后一笔积蓄，没有专利，谁也不肯跟他合作，他怎么能制造自己的内燃发动机呢？

幸亏有一位叫朗根的朋友不计较有没有专利，决定资助他造出内燃发动机来，奥托的事业这才得以继续进行。

这次挫折不但没有使奥托灰心，反而激发了他更大的创造精神，他要

把自己的发动机造得更好，来回敬那一批官僚主义的专利局老爷们。

他在四个气缸上装一根方形的活塞连杆，上面铸成不同的曲轴，连杆的一端与转动主轴相交，用齿轮传导动力。他改进了电磁点火装置，加长了进气道，改造了气缸盖。他的内燃机变得更加完善。

奥托的第一号机每分钟可转100转，比鲁诺瓦尔的发动机的效率高得多。同时，由于采用了低浓度混合气，燃料节约了三分之二，内燃机真正成了一种实用的发动机。

尽管奥托并没有得到专利，但他制造的内燃机却总是供不应求。两个轮子的摩托车原型、三个轮子的汽车原型相继诞生，它们取代了古老的马车，逐渐成为机动灵活的陆上交通工具。不久，大功率的内燃机也产生了，装到轮船上，轮船的速度大大提高。奥托的四冲程内燃机完全淘汰了鲁诺瓦尔落后的两冲程发动机，成为主要的发动机。

只要想一想，原来是交通主要动力的万千马匹是如何一下子退役，转业去当了运动场上的主角，你就会明白奥托这位学徒出身的、没有任何学历的人在交通革命中发挥了何等重大的作用了。你会更加钦佩他对事业的热忱，钦佩他那种百折不挠的精神。

糖精的故事

德国化学家法利德别尔格的研究课题是芳香族磺酸化合物。

在生日那天，他邀请几位要好的朋友到家里聚餐。他让妻子先在家里烧几个好菜，然后看看时间还早，自己又去了实验室。

法利德别尔格在实验室里忙碌着，由于太专心，忘记了时间，忘记了自己的生日和好友们的欢聚，直到做完实验他才记起，连忙急匆匆往回赶。

男主人回到家里的时候，家中已经高朋满座。他的妻子脸上露出了几分不高兴的神色，责备丈夫不该这么晚回来。法利德别尔格的朋友们倒不介意，说科学家都是一个样的，心里只有实验。

女主人听了后，便不再多讲什么。

当有个朋友询问法利德别尔格刚才在干什么时，他觉得和这位不是化学家的朋友一时难以说清，便顺手从衬衣口袋中取出从实验室带回的铅笔，在纸上写下"芳香族磺酸化合物"几个字。

晚餐开始，法利德别尔格帮妻子把一盘一盘的菜肴端到了桌上，朋友们在品尝时，都说鸡是甜的、炸牛排也是甜的。法利德别尔格的妻子感到十分奇怪，因为她在烧菜时并没放糖。

朋友走后，她把这一情况告诉了丈夫。法利德别尔格也觉得奇怪，于是和妻子一同探究原因。厨房里的一切还是平常那样，没什么变化。后来，法利德别尔格的妻子问他："是不是你从外面带回什么东西了？"

经过仔细查找，法利德别尔格发现问题原来出在铅笔上。

原来，法利德别尔格在端鸡和牛排时，手指上一种极甜的物质沾在了盘子上。这样，就使得鸡和炸牛排都变甜了。而法利德别尔格在离开实验室时洗过手，那么，手指上带的甜味是从哪儿来的？

法利德别尔格对这个问题产生了浓厚的兴趣，一定要找到答案。经过

认真回想，法利德别尔格明白了，在向朋友介绍课题时，他用过那支实验室里的铅笔。

这个意外的发现使法利德别尔格兴奋得彻夜未眠。天一亮，他就跑到实验室，对昨天用过的实验器皿一件件地进行仔细检查，并一一记录，终于找到了这种甜味物质的来源。

从此，法利德别尔格集中全部精力，专心致志地研究这种从煤油中提取出来的甜味物质，并将它命名为糖精。

法利德别尔格不仅研究了糖精的工业生产技术问题，而且还证明了糖精对人类健康并无特别毒害，它虽对人体没有营养价值，但作为一种甜味剂却是十分理想的。后经实验证明，糖精的甜度约为糖的五百倍。

1879年，法利德别尔格在美国获得了专利。

伦琴和"x"射线

1894年，威廉·伦琴当上了维尔次堡大学的校长。这给他带来荣誉的头衔真让人烦恼，伦琴觉得自己本质上只是一位学者，他只熟悉他的实验室，只想去探寻大自然的奥秘。他的天职是丰富人类的知识宝库，他不愿在行政事务里荒废自己的光阴。于是，威廉把一切恼人的事务都委派给自己的副手，让校务委员会去决定一切，请他们在必要的时候才找自己，完成校长名义上必须完成的任务，在文件上签上自己的姓名，而把属于自己的时间全都用到了科学研究上。他觉得只有这样，才恢复了自我，生活也更加有意义。

正像农夫在春天播下种子之后，必须到秋天才会有收获一样，好几年之中，伦琴像夏日的农夫那样辛勤劳作着，却没有多大的成果。直到1895年11月8日这天，他才有了出乎意外的收获。

11月的德国，天气已经很冷了，伦琴在实验室泡了一整天，他研究的是阴极射线。为了使射线集中向一个方向，他在发射管外包了一张黑色的硬纸筒，这样，除了一个方向，其他方向不会有射线溢出。

回家的路上，伦琴突然记不得自己是不是关上了电源。灯关了，电源不切断，发射管便会损坏。这种马马虎虎的事，伦琴已有过好多次，他宁愿再回实验室一趟，也不愿自己宝贵的实验设备出毛病。

打开实验室大门，伦琴立即看到，阴极发射管附近有微光。好险，幸亏自己决定回来，否则又得申请更换设备了。他正要去切断电源，突然发觉那微光不正常，他已经能辨别室内部位。那种绿莹莹的微光不仅不在安放发射管的地方，而且光色也不对。

伦琴打开电灯，看清了刚才发光的居然是仪器旁边桌上的一块纸屏，纸屏上，伦琴曾镀过发光晶体，这种晶体在高能粒子流的放射下，会发出

那种绿莹莹的光。

哪来的高能射线流？阴极射线管四周套着黑色硬纸筒，阴极射线根本不可能射向纸屏。伦琴一下子忘记了自己该回家了，立刻留了下来，不把这莫名其妙的情况弄个水落石出，他肯定不会离开。

伦琴没有切断电源，只是把灯关了，纸屏上的微光又出现了。接着，他把电源切断，阴极发射管停止工作，那团莹光立即消失。看来，阴极发射管居然还发射一种人的肉眼无法感知的、并且能够穿透黑色硬纸板的射线束。

他立刻想起了前几天实验室里发生过的另一桩怪事：放在纸屏同一张桌子上的一包感光片，没人拆动过包装纸，却毫无道理地完全曝了光。当时，伦琴以为是感光片质量有问题，现在看来，作怪的是同一种射线，一种伦琴从未知道的射线。伦琴开始意识到，一次偶然的疏忽，让他站到了一种新物理现象发现的大门口。

伦琴在实验室一连住了十几天，测试这种射线的特征。穿透力是测试的重点，他找来种种能隔开射线穿透的材料，把感光片贴在它们后面，照射后拿去冲洗。金箔、银箔、铁片、木板，都一一试过，这些材料都挡不住未知射线的穿透。

最后一次，他取来一块小铅板，小铅板没能完全遮没感光片，他只得用手扶住它。谁知底片冲洗出来以后，伦琴又意外地发现，底片上铅板部分没被感光，而自己那只手，也在底片上留下了痕迹，留下的是自己手的骨骼图像。结论已经有了：神秘的射线不能穿透铅板，也不能穿透人的骨骼，因为骨骼主要是由钙构成的，射线穿不透钙质。

伦琴立即举行了实验结果报告，到会的科学家里，最激动的当推大学里的医学专家。他们从伦琴的实验结果里，找到了一种强有力的科学手段，凭借伦琴的射线，医学家可以穿透人的皮肉，看到骨骼的真相，确定与骨骼有关的病情。而以前，他们只能凭经验，或者动手术切开皮肉才能看到真相。医生们建议，把这种新发现的射线称作"伦琴射线"，但伦琴当场表示，新射线的许多性质他还不清楚，他还要像一位中学生，去求解这个代数式，因此他决定把射线称作"X"射线。

新的世纪终于来临，在世纪之初，瑞典科学院设立了第一个诺贝尔物理学奖。为了表彰伦琴的伟大发现，为了表彰他对物理事业一贯的热忱、一丝不苟的科学态度和辛勤的劳动，他成为全人类第一个物理学诺贝尔奖的获得者。

战胜毒魔的科学家

1914年，人类陷入到一场史无前例的大灾难之中，第一次世界大战在欧洲战场上爆发了。以德国和奥匈帝国为一方，俄国、法国、英国为另一方，展开了旷日持久的大厮杀，无数士兵丧生在残酷的战场上。

伊布尔地区是英法联军与德军争夺的战略要地，因此聚集了双方的主力，战斗一打响，就显得十分激烈。

这天，照例的争夺战又即将开始。这是一个阴沉沉的早晨，气压很低，阵地上，中等强度的风从东方吹来，刮过德军的前沿，吹到联军阵地上去。

与往日不同的，是今天的战斗开始得很晚，直到上午9点以后，还没听到德军阵地上大炮的轰鸣，要是在往日，从克鲁伯工厂制造出来的远程大炮，早已打破了伊布尔上空的沉寂。这现象，让英法联军前沿阵地的指挥官产生了一种错觉：德国人今天是不是放假？他们纷纷举起望远镜，想看一看德国人今天究竟玩什么把戏。

突然，他们从望远镜里，看到沉默得可怕的德军阵地上，升起了一团团浓烟，黄绿色的烟雾弥漫开来，贴着地面，朝着自己阵地涌来。风，在后面推动着，把浓烟吹得像波涛那样翻滚。

是施放烟雾掩护突击队的偷袭？联军的指挥官立即下令部队进入阵地。可是，当英法联军的士兵们刚刚进入战壕，准备迎击德军的时候，那铺天盖地的浓烟已经涌近身边。

那是多么可怕的烟雾啊！呛鼻的浓烟刚刚滚到，联军官兵的双眼便被刺激得眼泪直淌，接下来是咳嗽、窒息、头昏脑涨、神志昏迷。浓烟沉入战壕，钻进掩体，连指挥部也不放过。没过多久，上至将军，下至列兵，绝大多数人都已横倒在战场上。好像死神已经光顾伊布尔，挥动它手中的镰刀，刈平了联军阵地上所有的生命之草。

只有一小部分官兵逃脱了浓雾的追杀，他们也都熏红了眼，咳破了嗓门，不少人死在后方的医院。联军不战自败，后撤10公里；而德军却扬扬自得，宣称在伊布尔使用了最新的秘密武器，取得了令人振奋的赫赫战果。

联军司令部知道，德国人是在施放毒气。他们一方面谴责对方灭绝人性的残酷，一方面调集了三个国家最著名的化学家，到伊布尔前线了解情况，准备对付毒气的袭击。

有的化学家主张，在敌人施放毒气时同时施放解毒的药物，瓦解毒气的进攻；有的人主张分发解毒药物，让士兵不受毒气侵扰。但这些方法在实施中都会遇到不能解决的困难，实际上都无济于事。

俄国的著名化学家泽林斯基却有不同的看法，他主张制造一种不让士兵接触毒气的工具。因为他来到前线，立即到医院探望了逃生的士兵，询问当时的情况，从他们逃生的过程中找到了对付毒气的正确方法。

那些也受到毒气侵害但侥幸死里逃生的士兵告诉泽林斯基：当他们发现毒气的时候，立即用军大衣罩在头上，拼命后撤，才保全了性命。有几位还说，当时他吓得一头扎进了松松的泥土，等那一阵烟雾被风吹散了，才撤回后方。

其他化学家不屑一顾的这些求生土办法启发了泽林斯基，只要有像军大衣的毛线或者松软的泥土这样的东西吸收了毒气，人就能够不受毒气致命的伤害。

哪些东西最能吸附毒气呢？毛线和泥土的效果肯定不行。泽林斯基根据自己的经验做了好多试验，最后找到了木炭。松松的木炭不仅会吸附大量毒气，还因为它有很多孔隙，能让空气畅通，人不致于被闷死。

为了制成防止毒气吸入的工具，泽林斯基首先对一般木炭做了加工处理，让它的吸附能力更强，孔隙更多。他叫这种产品为"活性炭"。

接着，他试制了一种能罩住整个脸部的面具，不让毒气接触最敏感的眼、鼻、喉的黏膜，又在面具前安置一只铁罐，铁罐好像大象鼻子一样，垂在人的鼻子前面，里面装满改良过的活性炭。这样，毒气通过罐子上的小孔进入罐中后，立即被炭吸附干净，新鲜的空气却照样能吸入人的鼻子，维持着士兵的呼吸需要。

防毒面具造好之后，联军立刻装备了一部分士兵，让他们重返伊布尔

的阵地、并向德军阵地推进了几十米。

德军指挥官看到英法联军又来了，以为又来了一批送死鬼。等东风一刮起，立刻如法炮制，又一次施放起黄绿色的毒雾来。

这一次，德军大失所望，当浓烟滚过英法联军阵地、又被风吹散以后，他们看到英法联军的士兵们依然站在前哨，躲在战壕里，安然无恙地朝着德军阵地放炮，打冷枪。只不过每个人都像戏台上的傀儡戏演员，个个套着一个怪异的面具，双眼前，两大块玻璃片在闪闪发光；鼻子上，吊着个粗粗短短的铁筒。

试验成功后，英、法、俄三国立即大量生产泽林斯基发明的"防毒面具"，分发到与德军对峙的每一条战壕。德军的毒气战彻底破产了，防毒面具成为每个国家武装自己部队的常规装备。

第一次世界大战结束后，全世界主持正义的人们订立了一条世界性的公约，严格禁止使用任何毒气，因为它太灭绝人性了。虽然在以后的战争中，那些战争贩子还是不顾国际公约，使用着毒气，发展着毒气，但是，魔高一尺，道高一丈，泽林斯基首创的防毒办法，也在不断地取得进步。

而且，即使世界上再也没有毒气弹了，泽林斯基发明的防毒面具依然发挥着救死扶伤的巨大作用。在火灾的现场，在化工厂的事故现场，在运输化学药品发生突发事件的时候，甚至在地震、火山爆发的时候，防毒面具依然有着不可替代的地位。泽林斯基的聪明才智，将永远发出光芒。

布劳恩发明导弹

布劳恩是德国著名的火箭专家，世界上最早出现的导弹——V-2导弹就是他发明的。

1930年，布劳恩就学柏林理工学院，跟着著名的科学家奥伯教授，学习火箭的研制方法。

虽然他们研究的液体燃料火箭是当时最先进的，但美中不足的是火箭升空高度不太令人满意。为此，布劳恩绞尽了脑汁，希望能找到一个解决办法，让火箭能冲到大气层外空气稀薄的空间，因为只有到达那个高度，火箭才可以以极小的阻力飞向目的地。然而，稍有一点常识的人都知道，大气层外空气稀薄，氧气不足，火箭中的液体燃料在燃烧时，必将消耗大量的氧气，所以从理论上讲，布劳恩的这个设想根本就行不通。

"难道就这样放弃了吗？"又一次实验失败之后，布劳恩开始动摇了，他紧锁眉头，在种满花草的庭院里来回踱着步。每次遇到难题，他都要在庭院里冷静一下，把乱如麻草的思绪理清楚。忽然，他的目光被地上一只小蚂蚁吸引住了：

那只蚂蚁正在一片水洼前徘徊，看样子是想到水洼对面去，可是它不会游泳，身子一碰到水，马上就缩了回来。僵持了老半天，它突然咬起身边一个米粒大小的碎叶片，往水洼里一放，然后爬上去一动也不动。当一阵微风吹过，载着蚂蚁的碎叶片像小船一样前进了，虽然颠簸不停，但小蚂蚁终于到达了对岸。

布劳恩心里一亮：小小的蚂蚁都没有知难而退，何况我呢！只要用心，就一定能够走出困境！想到这儿，他又精神抖擞地开始了新的实验。

转眼一个月过去了，布劳恩的研制工作依然没有丝毫进展，就在他望着一堆图纸苦思冥想的时候，他的几个朋友来到了实验室，进门就嚷嚷开了："伙计，我们要去野炊，你也跟着去吧！"

布劳恩头也不抬地摆了摆手："你们去吧，我可没时间陪你们潇洒。"

朋友们纷纷劝道："好啦好啦，你就牺牲一天又怎么样呢？天天闷在实验室，小心憋出病来！"说着，连拖带拽，把布劳恩拉出了房间。

昨晚刚下过一场雨，小树林里的空气格外清新。大家都在为野炊前的准备忙得不亦乐乎，只有布劳恩在低头发愣，苦苦思考着问题。别人见他一副魂不守舍的样子，就上前推了他一把，让他快拾点柴草，把火生上。

布劳恩这才缓过神，伸手摸摸地上，说："柴草被雨淋得湿漉漉的，哪能烧得着呀！"

有个朋友拍了拍背包，得意地说："这点我们早就想到喽，要不然带酒精干什么！"

很快，布劳恩抱回了一大堆湿树叶，刚放在地上，立即就有人把酒精浇到上面，然后点燃了火柴，就听"扑"的一声，火苗一下蹿得老高，湿树叶全被烧着了，

看着越烧越旺的火焰，布劳恩心里一动，嘴里反复念叨起来："酒精——燃烧——酒精——"念着念着，心里陡然亮堂起来：对呀，让火箭带上氧化剂，也许就能解决火箭高空燃烧问题！想到这儿，他猛地从地上跳起来，激动得差点滑了一跤。他冲着朋友们喊道："对不起了，诸位，我突然有点急事，先走一步啦！"话音没落，人已经没了影子。

回到实验室，布劳恩立刻找来氧化剂——液态氧和煤油、酒精等原料，开始了实验。实验结果证实，采用燃料和氧化剂作为火箭推进剂，确实可以解决火箭高空燃烧的问题。

1942年10月3日，V-2导弹试飞成功了，在欢呼雀跃的人群背后，布劳恩微笑着流下了热泪。

虽然布劳恩的这项发明推动了导弹的发展，但在第二次世界大战的战场上，V-2导弹却扮演了极不光彩的角色，因为德国法西斯就是凭靠它，向英国伦敦发起了进攻。

外科医学之父帕雷

在16世纪前，欧洲的一些国家进行着连年的战争，战争中，有的人因为没有办法止血而过早地离开了人世。

当时，有一些随军的医生，可这些医生并没有多少医学方面的知识，他们几乎都是理发师出身，在给病人治疗外伤时，所用的手术器械是各种各样的刀、锯、斧，既没有麻药，也没有消毒的药品。止血的办法更是简单，他们用烧红的烙铁在伤口猛地一烙，使局部结疤，达到止血的办法。

法国的理发师兼外科医生帕雷，最怕给病人做手术，虽然他在军队中从事外科手术多年，而且技术熟练，手术的成功率也极高，可一想到病人动手术前那种恐怖的表情，他的心像被揪碎一样。

有一回，他遇到了一个病人，这个病人的大腿被敌人砍伤了，他坐在床上痛得直叫。帕雷拍拍病人的肩，让他忍着点，说完，他就去拿手术工具。当他把手术工具拿来时，病人一见到那锐利的大刀和烧得红红的烙铁，吓得一下子昏了过去。

打那以后，帕雷发誓要找到一个好办法，给病人止血，以减轻病人的痛苦。在多次实践中，帕雷根据自己的丰富经验改革了许多手术器械，并且把过去用沸油洗涤伤口，改为温水洗涤的办法，从而大大减轻了伤员的痛苦。可帕雷对此并不满意，他认为使用烙铁止血的方法，无异是对伤员施用的酷刑。帕雷为了改进止血方法，也做过很多研究和实验，但收效甚微。

一个偶然的机会，使帕雷受到启示，发现了结扎止血法。这天，帕雷正在家里休息，忽然，急促的敲门声惊醒了他，打开门一看，一个中年人背着一个孩子冲了进来。

"医生，快！求你快救救我的儿子！"

原来，这个孩子在山上采药时，大腿被石头砸伤了。看着紧闭双眼的孩子，帕雷忙去换了衣服，拿手术工具。当他以最快的速度出来时，孩子

已经被放在手术台上了。帕雷撕开孩子的裤子，仔细用温水给孩子冲洗了伤口。这时，他发现孩子的大血管裂了，如果不尽快止血，孩子的血会流光的。他忙对傻站在一旁的孩子父亲喊道："你快去准备烙铁，再把烙铁烧红！"

那位父亲找了半天，除了一把烙铁外，根本找不到可烧红烙铁的柴。帕雷知道后，才记起，烧红烙铁的柴和其他东西今天下午已用完。帕雷叹了口气，无力地摊开双手，他对身边满头大汗的孩子父亲说："没有东西，我也没办法给孩子止血！"

听到医生这话，那位父亲脸上露出了绝望的神色，他一下子就跪在地上，死死抱住帕雷的腿："医生，我就这一个儿子，他才11岁呀！医生，只要能治好他，你要什么都行！"

帕雷扶起了孩子的父亲，轻声说："不是我不想救这个孩子，可我实在没办法！"

"医生，你不能见死不救，我不管你用什么办法，你试试吧！出任何事，我都不会怪你的！"

听着孩子父亲恳切的话语，帕雷只好点了点头。现在最紧要的是给孩子止血，帕雷的脑海里，想着他在平时每次动手术的情景，他想到，烙铁起的作用是把孩子的血管给堵住，如果不用烙铁，那用手术刀按住血管，不知道效果会怎么样。对于从没有试过的事，帕雷的手有些抖了，可是看着孩子的脸色越来越苍白，时间是不允许了，帕雷举起了手术刀。

奇迹出现了，流血停止了。新的止血办法给了他启示。帕雷想：用手术刀按住大血管就可以止血，要是用夹子夹住大血管，岂不是也可以止住流血吗？

新的止血法，却带来了新的问题。夹子不能长时间留在伤员的躯体上，帕雷经过多次试验，得到了一个最好的办法，那就是用丝线扎血管的新止血法，临床使用后，竟有意想不到的效果。帕雷先将丝线放在锅里加热蒸煮，手术后用它将血管扎住。

1572年，帕雷对实践经验进行总结，写出了《外科学》一书，这是最早的外科学手术专著。他一生为外科手术作出了许多贡献：改革手术器械，改良伤口洗涤方法，又发现了丝线结扎血管方法等，使外科手术上了正轨，并形成了一个专门学科。因此，后人都尊称帕雷为"外科医学之父"。

巴斯加和手摇计算机

1623年6月19日，布莱斯·巴斯加在法国克勒尔盂城的一个税务官家里第一次睁开眼的时候，那个世界给他带来的是战乱和苦难，而后来他却以巨大的科学成就造福于人类。

巴斯加身小体弱，长到8岁还没桌子高，邻居们都很同情地喊他"可怜的小猫"。巴斯加的父亲担心他过早学数学会影响脑力发展，便把全部数学书籍都给封存起来了。然而，对于已经迷上数学的巴斯加来讲，这些措施是根本不起作用的。

有一次，爸爸正在看书，巴斯加怯生生地走了过去，问道："爸爸，什么叫几何学？"

父亲放下手中的书，犹豫了一会，还是告诉了他："孩子，你还小，别想这些问题了。"爸爸爱怜地望了他一眼。

怎么能不想呢！巴斯加对几何学已有了深厚的感情，他趁父亲不在家之际，偷偷地翻看爸爸藏在阁楼里的数学书，家里的门窗墙壁上都被他画满了各种各样的几何图形。数学像一道彩虹照进了他的心田，他仿佛走进了一座神奇的童话宫殿，有趣而充实。

有一天，巴斯加躲在房间里，半天都不出来，他的父亲感到奇怪，就轻轻推开了门。小巴斯加正托着腮苦思，那神情就像一尊塑像。父亲走到他的跟前，看到桌子上放着几张不同形状的硬纸，有的已经用剪刀裁了下来。爸爸还没弄清怎么回事，巴斯加却兴奋地喊了起来："任何三角形三个内角的和等于180度。"

父亲被儿子这种刻苦钻研的精神深深打动了，他不仅取消了对小巴斯加的禁令，还变得十分支持小巴斯加，他为小巴斯加买了许多数学方面的书籍。

就在小巴斯加16岁的时候，爸爸带着他离开了巴黎，到高诺曼地区当

税务专员去了。

父亲的工作十分忙碌辛苦，经常要把一大堆账本带回家，晚上加班到深夜，由于操劳过度，父亲的身体越来越差。巴斯加不时听到父亲一声声叹息，犹如针儿扎心，痛苦极了。

为什么不能制造一台机器，来代替这种繁重的人力计算呢？巴斯加的脑海里闪过了一个不平常的念头。

当时，欧洲的生产技术和科学研究发展很快，在巴斯加之前，已经有不少人想制造自动计算机，但都缺乏信心，未能成功。巴斯加决定闯一闯，把计算机制造出来。多少个寒暑春秋，多少个风霜雨露，他支撑着瘦弱的身躯，四处奔走，到各地的税务、邮政、银行的计算所了解情况，到各个工厂参观各种机械装置，跑图书馆查阅资料，躲进屋里没日没夜地思索……

整整12个春秋，巴斯加倾注的青春的活力和辛勤的汗水，终于结出了丰硕的成果。从齿轮传动和十进制计数的关系中，巴斯加得到了启示，设计成功了世界上第一台手摇计算机。它能进行16位数加减法的计算。这一发明，轰动了当时的数学界。

巴斯加成名后，并没有沉浸在那些无聊的社会活动中，而是对数学的研究更加入迷了。一次，他的表姐炖了一只鸡给他吃，巴斯加吃完后，一句话也没讲，又埋头研究起来。表姐忍不住问他："你喜欢吃这个菜吗？"

巴斯加一脸糊涂，他抬起头看着表姐说："什么菜？你早点问我就好了，现在我一点也想不起来了！"

巴斯加把全部身心和才华都献给了科学事业，自己在生活上无所求，但对贫穷孤寡者却有极大的同情心。一天，他刚出门，突然身后有人哀求："先生，可怜可怜，帮帮我的忙吧！"巴斯加回过头，一个十五六岁的少女满面泪痕，一双大眼睛饱含着对生活的无限忧虑。他立刻收住脚，十分同情地问："姑娘，你住哪儿，有什么困难？"

少女双手捂住脸，悲伤地抽泣起来："我从农村来，爸爸替别人放牛，去年从悬崖上掉下来，就……妈妈不久前也去世了，我实在无法生活下来……"

当时法国社会混乱，巴斯加怕她在城里受到坏人的欺骗，便将她安

排在他所熟悉的一所修道院中，并负担了她的所有生活费。后来，他又把这个姑娘介绍给了一位诚实的男青年。巴斯加有着一颗纯真的心，做了好事从不愿吐露自己的姓名。后来，当这位杰出的科学家与世长辞后，修道院的院长才把巴斯加的情况告诉了那位乡下姑娘，乡下姑娘听到这个消息后，痛哭不止，为了表达自己的敬意和哀思，姑娘为巴斯加立了一块墓碑，并留下了这样一句话：巴斯加的灵魂永存。

达盖尔发明照相机

在35岁之前，路易·达盖尔是法国北部科尔梅耶镇的一名画家。跟一般的画家不同，他虽然也学过素描，画过写生，摆弄过五颜六色，也曾经为那些古典大师的作品陶醉不已，但他总想创造一种前所未有的新作品样式。公元1822年，他便设计过一种透景画，获得了超乎想象的巨大成功。

以前，所有的画都在一个平面上展示出来。画家们根据观察到的人间场景，设计出一个画面上的中心，把重要的内容展示在画的中心，然后配上背景。远的，小一些，模糊一些；近的，大一些，清楚一点。这就骗过了看画的人，好像他们就处在真实的场景之中。达盖尔可不想永远这么干，他设计的画用一套特殊的照明配合，让观看的人真正见到一幅壮观的全景图画，人们简直就像身临其境一般，那感觉真是好极了。

可是不久，达盖尔又觉得，自己也在蒙骗别人的视觉。因为无论如何，自己的透景画毕竟还是用画笔和油彩画出来的。能不能让一种机械装置自动地再现出人间的景观来，不再掺杂一点人为的因素呢？其实，他想制造的，便是现在人们所说的照相机，不过要制造出世界上第一台留住过去、再现过去的照相机，确实是一件不容易的事。

有了这样一个发明创造的动机，达盖尔便拼命地学习起来。

他学习了八百年前已发明的暗箱，那是一种小孔成像的设备。在不漏一点光线的箱子前端钻一个小孔，就能在一定距离的屏上出现小孔对面蜡烛光焰的倒影。可惜那倒影太小，而且只能显出发光的物体形象，更不能永远留下来。

到了16世纪，一位叫卡尔达诺的人曾对这种暗箱作了重大的改革。达盖尔找到了这段材料，并认真学习。卡尔达诺创造性地用凸透镜代替了小孔，透镜能成像，能够把更大的倒像投射到暗箱的屏上，而且清晰程度也大大高于小孔。达盖尔觉得，这种改革无疑是在再现人间景观的道路上迈

出了重要的一步。

达盖尔发愤学习，又动手制作，他制作的卡尔达诺式带镜头的暗箱已经达到了非常成功的地步。只要对镜头和暗箱作合理的调整，调整到适当的距离，屏幕上就会出现镜头前事物的清晰倒影。可惜的是，达盖尔暗箱的屏幕只能与人间景观同步，不能保存到今后，用暗箱看当时的景观，这又有什么意义呢？于是，达盖尔又开始寻找能留住屏幕形象的办法，把形象留住，才算达到了自己的目的。

不久，达盖尔找到了有关的资料。一百年前，有一位名叫舒尔质的化学家，发现银盐是一种强感光剂，如果把银盐均匀地涂抹在纸板上，并且遮住纸板的一部分，再用光照射纸板，那么就可以得出一种暂时的影像。达盖尔从中看到了希望。如果能在暗箱里装进这种纸板，那么从镜头中透进的光线不就可以在纸板上出现相应的影像了吗？他多次进行这种试验，可是因为对银盐太不了解，试验都没成功。

这时期，达盖尔结识了志同道合的约瑟夫·涅普斯。涅普斯也在试验把感光物质同暗箱结合起来，他用的是犹太沥青，而且用种种化学试剂成功地制作了一些"照片"，但涅普斯的"照片"还不能算成功，因为他的"照片"相当模糊，而且必须曝光8个小时，这种结果是不会有实用价值的。

现在，两个志同道合的发明家结成了亲密的伙伴，他们交流经验，取长补短。共同的事业、共同的努力使"照相"这种技术有了巨大进展，可惜涅普斯英年早逝。1833年他去世之后，制造理想实用的照相机的任务，便落到了达盖尔的肩上。

达盖尔继续着自己的试验。他改换了感光剂，把涅普斯的犹太沥青改成感光性能更强的碘化银，使原来需要8小时才能成像的感光片变成只需15～20分钟便能成功的新材料感光片。虽然这种方法还比较笨，但曝光时间短了，实用价值就明显提高了。除此以外，他还解决了显影定影的一系列可行的摄影体系，使这种新机械、新技术变成一种具有商业上可行的发明。

公元1839年，达盖尔公布了他的方法，但是，他没有申请专利，他谦虚地宣称，摄影方法是无数人辛勤努力的结果，他特别提到了涅普斯，称他为自己共同的发明者。他这种谦逊的态度在公众中引起了巨大轰动，达

盖尔立即成为当时的英雄，他的照相法也得到了迅速的推广。法国政府决定，向达盖尔和涅普斯的儿子发放终生补助金，作为对他们无私奉献的回报。

当然，没有任何一项发明会由一个人单独完成，一个成功的发明家必然会吸取前人研究的成果，但每一个人都有他独特的贡献。达盖尔凭着他对照相机的兴趣，在创造和推广第一架实用照相机方面起的作用是无法由别人替代的。是他，第一次让更多的人能再现人间景观。

听诊器的发明

在法国这座小城里，除了市长和几个实业家以外，勒内克医生可以说是最出名的人物了。城里每一条街道上都可以找到勒内克医好的病人，假如有人生了病，其他医生都悄悄躲起来的时候，人们会众口一词，劝他到城西去找勒内克大夫："勒内克医术高明，待病人热情。假如他也束手无策，那只能准备去见上帝了。"

但就是这样一位名医，也会有尴尬的时候。这一天，快到中午的时候，勒内克的诊所来了一位病人。她是位贵族小姐，当病人们都离开后，她才胆怯怯地走进诊所的大门，低着脑袋在勒内克桌边坐下。

勒内克瞧了病人一眼。她脸色苍白，嘴唇发紫，坐在那儿也略显出气喘吁吁的模样。恐怕是心脏出了毛病，勒内克略一思索，便作出了初步的诊断。他问了病人几句，便站起身来，把临街的窗帘拉上，同时把诊所的门关上，对她说："小姐，请把您的外套和胸衣解开，让我听听您的心脏。"

这本是一个最简单、最合理的要求。一位医生必须了解病人患病的情况，对心脏病人，他要用耳朵贴在病人胸前，才能听清病人心脏有什么异响，判断病人患病的程度。为了这位小姐的方便，勒内克背过身子去，等候病人处理好自己的衣衫。

可是，当勒内克等候了一会儿，再回过头来的时候，却发觉那位小姐根本没有动手，她两眼噙满泪水，呼吸更加急促，苍白的脸颊涌上了一抹红晕。他笑了笑，对病人说："小姐，我得检查一下您的心脏，请……"勒内克不说便罢，他这一句话，把病人吓得"哇"的一声哭出来，她匆匆收拾了自己的钱包，站起来冲出了诊所。

大门"砰"的一声响，把勒内克吓了一跳。他怔怔地在诊所里站了一会儿，摇了摇头：这可不是我的责任。但是，一上午愉快的心情一下子被

冲得干干净净。他关好诊所，慢步朝自己的住宅走去，一边走，一边还在为刚才那一幕感到内疚。作为一名医生，总应该找到办法，解决病人这种难言的困难吧。

快到家了，远处已传来女儿咯咯的笑声。勒内克从沉思中惊醒过来，发觉女儿并不在家，她正跟小伙伴们在宅边的树林内愉快地玩耍着呢。唉，都快吃中饭了，这孩子还在外边撒野。勒内克不由自主地改变了方向，朝那可爱的银铃般笑声发出的地方走去。

他女儿正跪在草地上，脑袋枕着一根长长的木料，大声地数着数："两声，五声，这下是七声，对不对？"等木料那头的男孩子大声回答："对啦！"她又禁不住高兴地笑出声来。忽然，她看到了勒内克，便朝他招着手："爸爸，快来，这木头里有个小精灵，它会告诉你法朗西斯敲了几下。"

慈爱的笑容出现在勒内克脸上，他走上前去，跟女儿一同做起游戏来。当他把耳朵贴紧那木料的时候，果然听到木头的那端传来了响亮的咚咚声。奇怪，那个男孩敲得并不重，木头里怎么会有这么大的响声呢？

整个下午，勒内克总觉得心不在焉，他似乎发现了什么，却又抓不住一点实在的影子。等到他想得头脑发涨，甚至可以感觉到太阳穴的血管在咚咚发响的时候，勒内克忽然省悟过来：对呀，微小的声音在木头里直线传播，不像在空气中那样四散，能清清楚楚传进自己的耳中。如果能按这个原理做一个心音传导器，那不就能避免了上午女病人的尴尬了吗？用不着把耳朵贴到她胸上，她就不会吓得逃离诊所了。

一连几天，勒内克用业余的时间画图纸，做木匠。他为了增强声音传导的效果，在一根木棒的两端接上了两个喇叭形的附件，让接收到的声音更多。等这种工具做好之后，他便把女儿找来，告诉她："玛丽，咱们继续做那天的游戏，怎么样？"当他把木棒的一端贴在女儿心脏部位时，耳中清晰地传来了她微弱的心跳声，女儿的心脏比成人跳得快些，但绝对正常。好奇的玛丽也要听听，当她在木棒那头听到勒内克的心跳声时，高兴得跳了起来："我听到了，是爸爸的心在跳！"在做了几次成功的试验后，勒内克想到了那天中午没有成功的诊疗。他提着药箱，亲自到那位羞于被人听心音的小姐家中出诊。他要对每一位病人负责，顺便也能试着宣传一下自己新的医疗器械。

　　当那位害羞的小姐听说是勒内克医生来了，怕得待在房里不肯出来。勒内克请女仆转告小姐，今天他带来了一件器械，名叫"听诊器"，绝对不用小姐解开胸衣，也不会像过去那样，用耳朵贴着胸去听小姐的心脏。

　　一阵迟疑之后，小姐出房来了。勒内克请女仆解开她的两个纽扣，把木棍抵住她的心脏部位，自己远远地去木棍另一端听她的心跳声。果然，他听出这位小姐的心律不齐，而且明显有先天瓣膜不全的毛病，难怪她的嘴唇会发紫呢。于是，勒内克给她配了些能稳定心跳的生物碱，并指导她如何养生。

　　从此以后，勒内克的听诊器很快便在医生中推广开来。经过几代医生的努力，听诊器已从实心的木棍变成空心的金属管，中间还加了柔软的橡胶管，在贴胸的那端还设计出可以增强声音的膜片。直到现在，当病情不必用心电图诊断的时候，医生们依然在使用着经过了改良的勒内克的听诊器。

莫瓦桑擒获"死亡元素"

很久以前，人们就知道有一种气体元素存在。它与钙生成萤石，这种在自然界存在的矿石可以用作冶金的助溶剂。

公元1670年，有一位德国的玻璃工人瓦哈德偶然之中将硫酸注入萤石，不料萤石突然冒出一阵蒸汽，呛得瓦哈德几乎昏死过去，事后发觉，自己戴的眼镜竟然变得粗糙不堪。

这一下，瓦哈德误打误撞，找到了一种玻璃的雕刻工具，这种蒸汽便是后来被称作氟与氢的化合物——氟化氢。

十年后，瑞典化学家舍勒利用这个办法制得了氢氟酸，但是，在提取氟化氢打算把它溶于水的时候，他不慎中毒，因此病了多年。他始终无法把氟这种气体元素分解出来。

三十多年之后，英国著名的化学家戴维正式把这种气体元素命名为"氟"，他想像捕捉其他元素一样，利用电解法把它分解出来。

戴维先用白金做电极，后来又改用萤石，但在电解过程中，戴维不幸也严重中毒，险些因此丧生，他被迫放弃了这项实验。

越是危险的工作，科学家们越是要去冒这个险，因此，有时会有人为科学献出自己的生命。

1836年，爱尔兰化学家诺克斯兄弟明知山有虎，偏向虎山行，他们要用氯气去处理氟化汞，想提取纯净的氟气。他们虽然在金箔上得到了氟化金，却因此付出了沉重的代价。兄弟俩中，哥哥被氟气熏得昏死过去，从此没有醒来；弟弟也因为中毒太深，失去了工作能力，终生呆在疗养院中。

当比利时科学家劳埃重复诺克斯兄弟的实验，也重蹈覆辙，为此丧生之后，"氟"这种元素就被冠以"死亡元素"的称号，大家都谈"氟"色变，再也无人敢闯这个禁区了。

氟，太活泼了，它能跟钙这种轻易不能化合的元素结合，而钙正是人体重要的组成元素，一旦钙被氟迅速夺走，人的生命也会终止，有谁敢再冒险去征服"死亡元素"呢？

敢于跟死神作伴的科学家从来不会缺少。工人出身的法国化学家莫瓦桑就偏不怕死神的威胁，偏要完成前人没有完成的事业，闯一闯"死亡元素"设下的禁区。

莫瓦桑因为家境贫寒，中学没有毕业就只得到药店当了学徒。但是，他丝毫没有放松学习，围绕制药工艺，他系统学习了有关的化学知识，很快成为药店中最有办法的学徒，常常能解决别人无法解决的疑难问题。

这一天，药店开门不久，一辆马车飞快地跑来，停在店门口。两三个人抬下一位病人，据送病人的人说，病人服了砒霜，请求药店设法挽救这位轻生的人。

店里有坐堂的医生，医生对自杀者做了初步的检查，无可奈何地摇了摇头，病人服用砒霜的剂量太大，又拖延了时间，看来已经回天乏术。

正当班的莫瓦桑看到了整个过程，他不满意当堂医生的态度，救死扶伤，不到最后关头，绝不能轻易言退。他不顾自己只是个学徒，绝不能干扰医生的工作，而且也没有处方权，断然进药库取来了酒石酸锑钾，灌进病人肚里。

意外的情况发生了，由于莫瓦桑责任心强，采用的方法也对头，那位病人居然从鬼门关被拉了回来。从此以后，人们都知道药店里出了位比医生还有本领的学徒。老板也对莫瓦桑刮目相看，让他有更多的时间研究化学。

莫瓦桑在化学界终于开始崭露头角。法国的自然博物馆馆长弗雷米教授看到了他身上的闪光点，认为他有为科学一往无前的精神，也有勤奋学习、不知疲倦的长处，便邀请莫瓦桑到自己的实验室工作。莫瓦桑终于正式登上了化学学科的殿堂。

弗雷米教授正不顾以往化学家的失败，在继续做分解氟的科学实验，找到了莫瓦桑这样得力的助手，教授感到如虎添翼，立即让莫瓦桑加入到自己的实验中去。

莫瓦桑从此对氟的提取以及过去发生的曲折，有了深刻的认识，他对恩师弗雷米无比尊敬，决心为捕捉死亡元素奉献出自己的全部精力。

弗雷米教授对氟的萃取有过深刻的研究，他抛弃了前人的原料，改用无水氟化钙和氟化钾作为电解对象。虽然他添了一位聪明的助手，不致于因为电解失败而丧生，但是，在电解的过程中却发生了爆炸，提取氟的工作再一次遭到了挫折。"死亡元素"虽然没有夺去谁的生命，却依旧"犹抱琵琶半遮面"，始终不肯把真面目显示在世人面前。

当弗雷米也打起退堂鼓的时候，莫瓦桑却毅然投入了这个百余年未能解决的问题之中。他在仔细分析了老师的办法后，觉得它不失为擒拿氟元素的最佳途径。只因为实验时条件不够，才会引起氟的爆炸事件。

于是，莫瓦桑设计了一整套抑制氟剧烈反应的办法，在铂制曲颈瓶中制得氟化氢的无水试剂，再在其中加入氟化钾，增强它的导电性能。然后，他以铂铱的合金为电极，用氯仿作冷却剂，并设计了一个实验流程，让无水氟化氢、氯仿以及莹石塞子作主要部分，把实验放在零下23摄氏度的状况下电解，这种办法果然一下子逮住了氟，在一次公开表演中，他一举制得5公升的"死亡元素"氟。莫瓦桑就是这样，凭着不怕牺牲的精神，在总结前人经验的基础上，一举擒获了死亡元素。

莫瓦桑与宝石

　　世纪交替是一个人才辈出、发明创造大量涌现的时期，19世纪将结束的时候尤其是如此。且不说伦琴发现X光，居里夫人提炼出放射性元素镭，就是学徒出身的化学家莫瓦桑，在这新旧交替的时候，也做出了不止一项发明创造。

　　莫瓦桑本来是个药店的学徒，自从成功地分解出元素氟以后，他的名气大振，成为了法国著名的化学家。但是，到了这世纪的最后10年，他忽然又对人造金刚石发生了极大的兴趣，在化学界同仁们看来，这位刚登上化学殿堂的学徒，恐怕是有点不务正业啦。

　　可是，莫瓦桑却不这么想。金刚石是一种名贵的饰物，大颗的纯净金刚石给淑女们增添光彩；金刚石还是所有物质中硬度最大的一种，它已经在玻璃工业方面有巨大的实用价值，想必今后还会有更大作用。可惜天然的金刚石产量太少，产地狭窄，根本不能满足各方面的需要。能够用人工制造出金刚石来，不就可能解决供求的紧张吗？莫瓦桑觉得自己这么做，是十分有意义的，他既然确定了目标，就决不会退缩。

　　莫瓦桑之所以把本不属于自己专业的项目作为自己研究的内容，还有另外的原因。当时人们已经知道，钻石和石墨其实是一种元素不同结构的表现，它们都是一种最基本的元素碳，在一定条件下都会氧化成二氧化碳。那么是什么条件使软软的石墨变成世界上最硬的金刚石的呢？莫瓦桑要寻找的，正是如何使软软的石墨变得奇硬无比的办法。

　　一件新的科学发现最终促成莫瓦桑下定决心。人们在陨石里发现了石墨和碳，而天然金刚石里，也夹杂着碳和石墨。足见碳和石墨可以在一定条件下转化成金刚石。问题是如何给碳和石墨创造合适的条件。

　　要使碳或石墨变成结构独特的金刚石，要有十分强大的压力，压力之大令人咋舌。况且碳在一定温度时，就会因为跟氧化合而燃烧焚毁，因此

在对碳加压时绝对不能存在氧气，否则会前功尽弃。要做到这两点，在当时确实是十分困难的，但莫瓦桑并没有因为困难而放弃努力。

莫瓦桑采取各种办法对碳加压。挤压，不行；用炸药，也不行；撞击，更达不到要求。必须找到压力更大的办法。他分析了一些金刚石矿的地形结构，了解到在筒状结构中，存在着突然变化的温差。于是，他想出了物质的热胀冷缩，这种特点是可以利用的。

于是，莫瓦桑设计了一个实验：他在石墨坩埚中把金属铁加热，使它熔化。然后，在熔化的铁液中掺入少量的碳，使碳跟铁液混合。在这种情况下，因为铁已经成为液态，它中间的碳并不会跟空气反应。

关键的时刻到了。莫瓦桑将坩埚里的通红的铁液一下子倒入冷水之中，水立即发出强烈的嘶嘶声，冒出一团团水蒸气。熔化的铁迅速降温，由表及里，变成固体的铁，由于凝结的次序有先有后，表面的铁跟内核的铁发生不同的变化。

形成一团凝固的铁的过程中，核内的含碳的铁在固化时会迅速地膨胀，但是，表面的铁因为汽化的水带走大量的热能，凝结得比核内的快得多，它已经不会膨胀，反而形成坚硬的外壳，并开始收缩。这相反的两股力量结合在一起，方向相反，产生的压力非常大，核内的含碳的铁跟空气完全隔绝，产生金刚石的条件便产生了。

等铁完全冷却，莫瓦桑小心翼翼地把它敲碎，在金属铁中间，可以看到一颗颗细小的亮晶晶的结晶体。莫瓦桑估计它便是自己日思夜想的人造金刚石，于是，急急忙忙取出一些到实验室去检验。

检验的结果使莫瓦桑既高兴又有点失望。这些结晶体太小了，最大的直径也只有0.7毫米；它不像天然金刚石那样闪烁着迷人的光泽，却微呈黑色，倒有点像它变化前的碳；它的硬度虽然比其他物质硬得多，却还达不到金刚石的硬度。

虽然这些微小的砂粒般的结晶体还不能像钻石一样拿到市场上去拍卖，但用于加工业上，却可以派上用处了。用它来打磨任何物体，它的硬度绰绰有余，莫瓦桑决定把它提交给法国科学院，请他们给以详解。

1893年2月6日，法国科学院郑重地对莫瓦桑的论文进行了讨论。讨论一位化学家提出的、并非化学方面的论文，科学院还是第一次。因此各种意见一齐出现，争论非常激烈。肯定的意见看中它的实用价值，否定的意

见则把它当做一位门外汉的胡闹。

但是，真理终于占了上风。在经过一连串的争论后，科学院最终还是肯定了莫瓦桑的创举，肯定贵重的宝石能以碳为原料，通过简单的方法制造出来。这一消息立即变成一条重要新闻，迅速传遍了全世界。

罐头的诞生

拿破仑当上皇帝后，经常率军远征，他的士兵到了一些地方，吃不惯那儿的菜，有的人就生了病，战斗力从而被削弱。于是，拿破仑就向全国贴出悬赏布告：凡能研究出可以久藏或远途运输新鲜蔬菜和水果办法的人，可以得到两万法郎的奖金。

这么多钱，不管对谁来讲都是充满了诱惑。巴黎有个叫波特的小伙子，看到了悬赏告示，便决定试试。回到家后，他对妻子说："明天多买一些蔬菜来！"他的妻子对波特的吩咐十分奇怪，刚想问个明白，波特说："你看着，用不了多久，我们就会发财的！"

按照波特的吩咐，他的妻子第二天一大早就去买菜了。波特的家庭在以前是当地很有名的酿酒世家，后来家境衰退，便不再酿酒了，可是波特却有一手好的酿酒术。波特认为贮藏蔬菜应该和酿酒有一定的相同点。波特记起，他家里以前有个大地窖，吃的东西都放在里面，而且保存的时间挺长，于是波特猜想，食物变质，可能与阳光照射有关。

波特想到就干，他找出一把铁锹，在地上拼命挖起来。一个多小时过去了，波特挖出了一个大坑。他刚挖好坑，妻子便回来了，波特从妻子手里接过菜篮子，把蔬菜一起放进了坑里，只要不让蔬菜见阳光，也许会好一些。

几天过去了，波特家里到处是一股怪味。这时。波特记起自己放在土坑里的蔬菜，他急冲冲地打开了那个坑，发现里面的菜都烂光了。

第一次失败，让波特有些失望了。晚上，波特心里挺不高兴的，于是他喝了点酒。这时，杯子里的酒似乎又提醒了波特，自己家里以前酿酒时，都不能有脏东西，脏东西会让食物很快地变质。藏在坑里的蔬菜变质，一定是因为有了脏东西，细菌繁殖起来，自然会烂掉。

波特又买了许多蔬菜，他把这些蔬菜洗干净，再用布包得严严实实。

又是一个礼拜，波特的蔬菜还是烂了，可是保存时间却长了一些。看样子，照着这个思路干下去，肯定能找到贮藏蔬菜的好办法。波特一想到那两万法郎，就浑身是劲，他实在是抗拒不了两万法郎对他的吸引。

这时，波特的妻子看见丈夫在那儿忙了那么长时间，还不行，就笑了，她对波特说："波特，你那个方法是行不通的。依我看，这件事你根本做不好，算了，快过来吃晚饭吧！"

波特一听妻子在讲泄气的话，便气不打一处来，他也不睬她，而是堵气地坐了下来。晚上吃的是中午的剩菜，妻子重新热的。看见剩菜，波特一拍脑袋，大叫："我怎么没想到呢！要是把食物煮沸以后再封存起来，保存的时间不就更长了吗？"

波特把碗朝边上一推，晚饭也不吃了，马上找来了一个玻璃瓶。妻子满脸奇怪地看着他，问他在干什么，波特也不回答，把桌上的剩菜一下子全都倒进了玻璃瓶里。

波特妻子一把攥住波特的手，问道："你在干什么，我们都还没吃饭呢？"

波特一边忙着，一边回答："这些剩菜不许吃了，你再重新做一些新鲜的。"

波特把食物装进玻璃瓶里，然后他把瓶口敞开着放到水里，又煮了一遍，等到煮沸后，他再用涂了蜡的软木塞将瓶口封好，又用金属线扎封。做完这一切后，波特好像还不放心，他再将瓶子放到开水中又煮了一回，等到从开水里拿出的瓶子温度降下来后，他拿了块粗麻布将瓶子裹了个里三层外三层。然后，波特将这只瓶子放在常温下，再也不去管它了。

两个月后，波特将这只玻璃瓶打开，倒出里面的食物一闻，再尝尝，觉得和以前的味道一样，没什么异味，食物没有变质。

波特举着瓶子跳起老高，大声喊道："我成功啦！"

第二天，波特和妻子都打扮得干干净净，到拿破仑那儿领赏去了。

于是，罐头就这样诞生了。

拉瓦锡和燃素

世界上，但凡曾经显赫一时、占有着统治地位的事物，每当它要走向自己的反面、行将灭亡的前夕，总会十分顽固地维护自己的存在，有时候还会出现回光返照式的虚假繁荣。中世纪的经院学说是如此，后来一度盛行的"燃素"学说也如此。

所谓"燃素"，是施塔尔凭空想象出来的一种神秘的物质，说所有在燃烧的物质都具有这种东西。但是，按他们所说的计算，任何物质燃烧之后，它们的重量都应该因为释放了燃素而减轻。事实上，很多金属燃烧后重量不是减轻，反而是加重了。这种学说于是危机四伏，趋于破产的边缘。但是，坚信燃素说的人虽然无法拿出任何"燃素"来，却依旧坚持这种说法。

1774年10月，燃素说坚定的支持者普里斯特列旅行到巴黎，在一次宴会上，他得意地告诉他的同行拉瓦锡："亲爱的先生，两个月前，我已经得出一种空气，它能猛烈地吸收蜡烛中的燃素，使烛光变得更加辉煌。"

普里斯特列所说的"脱燃素空气"是这样获得的：他把一种叫三仙丹的物质放在透镜下，让透镜聚焦的太阳光加热，三仙丹就释放出一种透明的气体，这种气体确实能使烛光更加辉煌。他本来已经走上了正确的道路，发现了助燃的氧气，却因为顽固坚持错误的燃素说，作出了错误的解释。

拉瓦锡跟普里斯特列完全不一样，他在同样的实验之中，看到的不是燃素，却是另一种新的元素，发现的不是"脱燃素"问题，而是实实在在的氧化学说。由于自己的思考，拉瓦锡让科学从谬误中解脱出来，走进了新的时代。

但是，怎样才能让氧化说打倒燃素说呢？要知道，科学是来不得半点虚假的。两种学说既然会走到同一个实验之中，没有强有力的证据是无

法说服人的。拉瓦锡决定设计一个巧妙的实验，采用普里斯特列的基本方法，推翻他宣扬的燃素说。

拉瓦锡分析了普里斯特列的实验，他让太阳光聚焦，加热三仙丹，实际是使三仙丹的主要成分氧化汞分解，还原成水银，释放出氧气。拉瓦锡又发现，那种释放出的无色气体在空气中也是存在的，是它使蜡烛燃烧，普里斯特列只是增加了这种气体，蜡烛才烧得更旺。

那么，能不能把实验从另外一个方向进行，让水银先变成红色的氧化汞，然后再使它分解呢？如果能做到这一点，参加两次反应的物质就可以精确地计算出重量来，从而证明根本没有什么"燃素"参与其中了。

拉瓦锡找到了正确的实验方法，便开始设计自己具有划时代意义的实验。他把一个曲颈瓶装满水银，然后跟一个密封的钟罩相连，计算出钟罩里空气的体积。这以后，他开始点燃炉火，加热曲颈瓶。

由于钟罩里的水银跟曲颈瓶相通，加热之后，水银面上很快出现红色的鳞状斑点，这说明水银已经跟空气发生反应，生成了红色的氧化汞。这种反应很缓慢，足足持续了十二天，水银面上的红色鳞斑才不继续增加，但钟罩里的水银平面却上升了，上升到钟罩的五分之四处。

这表明，钟罩里的空气已有五分之一跟水银合为一体，变成了红色的氧化汞。

实验的第一阶段结束了。拉瓦锡把红色生成物收集起来，称出它的重量，它明显地比相同体积的水银来得重，那是因为它是由两种物质构成的。这时，拉瓦锡还把点燃的蜡烛伸进钟罩中去，蜡烛火立刻熄灭，那里面已经耗尽了可以使蜡烛燃烧的气体。

实验的第三步，拉瓦锡把收集到的红色物质密封在一个曲颈瓶里再加热。红色物体加热后又分解成水银，密封的瓶中产生了气体，计算一下气体的体积，恰恰与钟罩里失去的体积相等，占钟罩体积的五分之一。

拉瓦锡用这一经典性的实验证明了自己的氧化说，完全推翻了统治了化学界几十年的"燃素说"。他用无可辩驳的事实证明，所有的燃烧，绝不是可燃物在释放出什么"燃素"，而是在跟空气中的氧气发生猛烈的化合作用，光和热正是这种剧烈反应的结果。

拉瓦锡还证明了，当金属与氧反应时，它们合成为氧化物，所以生成物比原来的金属重；非金属与有机物一旦跟氧发生反应，会生成二氧化碳

和水蒸气，这些生成物散发到空气之中，剩下的是灰烬，质量当然比原物质轻，绝不能因为这样的结果去说明它们释放掉了燃素才变轻的。

同样一个实验，为什么普里斯特列会去证明虚幻的"燃素"的存在，而拉瓦锡却能完全推翻它呢？是否尊重事实，有没有科学态度是十分关键的一点。普里斯特列们站在真理的门口，却因为顽固地站在落后的立场上而对真理视而不见。拉瓦锡却从事实出发，认识了真理。

对真理不仅要认识，还需要用科学的方法加以证实。拉瓦锡的实验，不仅体现了他对真理的执著追求，更证明了他对事业极端负责的态度。科学的进程是不可阻挡的，错误的理论无论如何阻挡不住前进的潮流，而在前进的过程中，能起到划时代作用的，一定是像拉瓦锡这样的忠于事业的人。

波尔多和"波尔多液"

法国的波尔多城以盛产葡萄闻名，那里的葡萄个儿大，味道甜美。在波尔多城，几乎家家都种植葡萄，但种植葡萄最害怕的就是一种霉菌，这种霉菌容易引起葡萄的霉菌病，这种霉菌一旦传播开来，好像并没什么有效的处理方法，好端端的葡萄就会逐渐枯萎，严重时甚至颗粒无收。

1879年，波尔多城的葡萄园正当开花结果的时候，又遭到了这种可怕的霉菌病的袭击。那些种植葡萄的人眼看着半年的辛苦，就要付诸东流。于是，大家四处去为葡萄求医，可是找了半天，没有一个人有办法。

但令人奇怪的是，波尔多城却有一家人种的葡萄没受到这种病的袭击。这家人的葡萄种在路边，长势良好，丰收在望。大家听到这个消息后，都跑到那个葡萄园主那儿，询问他的葡萄为什么没有受灾。葡萄园主也奇怪地直摇头，他也弄不清这是怎么回事。

这个奇迹像长了翅膀一样飞向各地，也飞到法国波尔多大学植物学教授佩尔·马利·亚历克西·米亚卢德的实验室。米亚卢德正在研究这种霉菌，可是他也是毫无进展。听到来自波尔多城的奇迹后，他有些奇怪，马上就去找了那个葡萄园主。

葡萄园主对于米亚卢德的到来，有些惊奇，他允许米亚卢德在自己的葡萄园里进行调查。米亚卢德仔细研究了葡萄园的土壤、环境、水流等等与葡萄生长有关的各种条件，打算从中找到产生奇迹的原因。但是在观察中，他发现这个葡萄园和其他的葡萄园并没什么区别和独特之处。

米亚卢德越来越纳闷了，他知道霉菌病只要有一个葡萄园里有，它马上会四处散播，而且速度非常快。或许是这个葡萄园主有什么别的种植办法，能不让葡萄生病。于是，他找到葡萄园主。

葡萄园主还是满脸茫然。他摊开手，对米亚卢德说："我也搞不清楚，我和大家用的办法是一样的，没什么特殊的地方。或许是因为我们全

家都信仰上帝吧，上帝向我伸出了帮助之手。"

米亚卢德笑了，接着他向葡萄园主了解了浇水、剪枝和打药等管理上的细节。

葡萄园主的回答依旧让他大失所望。忽然，葡萄园主的眼睛亮了一下，他大声说："我记起来了，但不知是不是这个原因。"

原来，波尔多城是交通要道，商旅众多，因为他的葡萄园临近大路，葡萄常被人顺手摘吃，使果园年年受到损失。为了尽量减少损失，这家园主在葡萄的管理中，每年都要用石灰水粉刷葡萄架，并用硫酸铜溶液进行喷洒以防虫。硫酸铜溶液和石灰水喷到葡萄上，人们嫌脏，也就不会偷摘了。这一招十分灵，打那以后，这位园主的葡萄就不曾被人偷过。

"硫酸铜和石灰水？"米亚卢德对葡萄园主的话产生了兴趣，他觉得这家葡萄园出现的奇迹，很可能与喷洒硫酸铜和石灰水的混合溶液有关。

回到实验室后，米亚卢德马上开始研究，他将石灰水和硫酸铜按不同的比例混合，经过不断的实验和观察，选定了防治病害的最佳配剂方案，制成了一批药物。然后，他以最快的速度把药送到了一些人的手中，让他们在自己的葡萄园里试试，看看有没有效。没几天，试验结果反馈回来，病菌很快就没了。米亚卢德的实验取得了成功。原来，在这种药物中，硫酸铜溶解后产生了铜离子，这种铜离子能够阻止霉菌孢子的发育，因此，霉菌就不能繁殖了。

后来的研究又证明，这种新药不仅可以防治葡萄霉菌病，还可以防治马铃薯的晚疫病、梨的黑星病、苹果的褐斑病等许多植物病害。由于这种药是在波尔多城试验成功的，所以米亚卢德给它命名为"波尔多液"。

玉米的启示

自从1882年科赫分离出结核杆菌以后，人们对结核病的防治便发生了兴趣，好多人都盯着自古以来曾经危害人类的这种疾病，下决心要找到防治它的办法。

结核病可算是危害人类最大的一种疾病了。结核杆菌最容易侵入人的肺部，在人类最娇嫩的器官里繁殖生长。患上了肺结核的人，吃得一天比一天多，身体却一天比一天消瘦。每天午后，双颊变得红红的，严重的时候，病人拼命咳嗽，等到咳出的痰里夹带着血丝，便十分危险了。

肺结核的可怕不仅因为它十分难治愈，还在于结核杆菌极易传染。病人随口吐痰，痰液干了，结核杆菌便在空气里飞扬，人们吸进肺里，杆菌便在胸腔里安家落户，辗转相传，患病的人极多。在当时的欧洲，三个病人中就有一个死于肺结核；在中国，人们称它为"痨病"，"十痨九衰"，也是最难治的四大疾病之一。

自从詹纳发现了种牛痘能防止天花传染之后，人们就学得了一种防止疾病传染的方法。现在，既然缺乏医治肺结核的灵丹妙药，也可以从防止结核杆菌传染入手吧。为此，好多细菌学家做了无数次探索，有人甚至把结核杆菌传染给公羊，想来个"羊痘苗"式的奇迹，却都遭到了失败。

法国的细菌学家卡默德和介兰就做过类似的试验，不过，他们最终发现，结核杆菌跟天花病毒完全不同，它不仅没有免疫机制，而且十分凶猛，靠任何牲畜，都无法制出能预防传染的妙方来。

就在他们几乎要绝望的时候，接到巴黎郊区一个农庄主的邀请，要他们去瞧瞧，是什么细菌害得农庄里的玉米发生了病变。卡默德和介兰觉得主人的盛情难却，便抱着姑妄一试的心情答应下来。

说真的，他们对危害植物的细菌并不太内行，但到郊外透透新鲜空气总比整天关在实验室里强得多。

来到农庄，主人早就在一大片玉米田边等着了。顺着农庄主愁苦的目光，卡默德和介兰看到了那片玉米田，也禁不住愁眉苦脸起来。

长在田里的玉米，又矮又细，黄叶倒有一半。结出的玉米棒子，稀稀拉拉只有几粒又小又瘪的种子，倒像生了癫痫的脑袋，难怪农庄主人要请两位专家来"会诊"呢。

受人之托，当然要忠人之事，况且卡默德和介兰都是作风谨慎的学者，又怎会马虎了事？他们经过仔细的观察和分析，又详细询问了农场主耕作的经过，两人的眉间打起了结，他们找不出玉米患病的原因。

耕作的流程不会有问题，农庄主是行家，他可以保证，无论播种、施肥、间作、授粉，都是一板三眼，一项没错；田间也没有发现害虫；至于农庄主所怀疑的"病菌"，卡默德和介兰也没有发现。玉米生的是卡默德、介兰他们所不知道的另一种毛病，他们只得对农庄主人说一声："实在抱歉。"

"咳，玉米老喽。"农庄主眉头又打起结来："看来，又得花钱引进良种了。"既然专家说得如此肯定，农庄主心中自然而然明白了一大半，买种子的钱怎省得了？

说者无意，听者有心。卡默德和介兰互相瞧了一眼：老了？玉米年年发芽、抽苗、开花、结实，从生到死，"老"不是很正常吗？还会有什么其他的"老"法？真是隔行如隔山，他们都对农庄主的话发生了兴趣。

看两位专家如此惊疑，农庄主不由得笑起来。他解释说：他种的玉米，是好几年前从国外引进的良种。刚种那几年长得又粗又壮，结出的棒子颗粒饱满。后来，种子的特性逐渐退化，一年不如一年。到这时，便得重新引进良种。乡下人说话粗俗，把这种情况叫"老"了。

原来如此。卡默德和介兰又互相熟视了一会儿，紧接着，他们会意地一笑，扔下莫名其妙的农庄主，匆匆回巴黎去了。疑惑不解的农庄主哪里知道，他急病乱投医，找来两位细菌专家，没医好自己的玉米，倒提醒了卡默德和介兰，让他们找到了一条制服结核杆菌的有效途径，帮了他们一个大忙。

既然玉米种子会一代不如一代，那么，结核杆菌是不是也能通过世代相传，降低它的毒性呢？等到它变得只会提高人们抗菌能力而不致危害肺部，那不就成了预防结核的"牛痘"了吗？

有了新的构想，卡默德和介兰便一头扎进实验室，开始了培养无"毒"的结核杆菌的试验。这比到牛身上刮"牛痘"可难多了，先实验家鼠的肺部，一代又一代提取结核杆菌，再采取药物抑制它的活性，然后再让下一批家鼠染上结核病，药用得多了，结核杆菌就死亡了，还得从第一代重新做起。

有时候，已经减低了活性的杆菌忽然有了抗药性，便又得从头做起，再寻找合适的药物。

从1884年开始，两位细菌学家花了整整10年的时间，把结核杆菌连续培养了230代，才找到了被"驯服"的疫苗。把这种疫苗接种进人的皮肤，人们便能产生对结核杆菌的抵抗力，在很长一段时间内不怕感染上肺结核。

一次歪打正着的对玉米的出诊，再加上两位科学家不懈的努力，终于使人类掌握了防治肺结核的方法，推进了传染病防治事业的进步。

人们为了纪念两位为事业贡献出一切的科学家，把他们姓氏的第一个字母拼在一起，称这种肺结核疫苗为"卡介苗"。

身后扬名的孟德尔

在当今世界上，已经发展到分子学水平的生物学，被广泛地认为是今后各种科学的带头学科。它包含的遗传基因科学，将越来越广泛地应用于生活和生产的各个方面。但是，以格里格尔·孟德尔的名字命名的遗传基本原理，却曾经一度被人遗忘。孟德尔，这位默默无闻的奥地利僧侣兼业余科学家，险些无法登入科学殿堂。他生前做过出色的研究，却寂寞终身，只有在身后，才得以名闻遐迩。

从孟德尔一生的经历看，他实在是芸芸众生中一位无名小卒。21岁时，他进入了奥地利布台恩市的一座奥古斯丁教会隐修院，几年以后成为一名牧师。28岁时，孟德尔参加了教师证书的考试，可惜生物学的分数太低，没有能够获得教师证书。隐修院院长只得推荐他到大学读书，在维也纳大学学完自然科学和数学后，孟德尔依然无法获得正式的教师证书，他只得以代课教师的身份，到布台恩的现代学校担任自然科学教师。

孟德尔的生活道路是如此坎坷，但他的青春却从未蹉跎。就在担任自然科学教师期间，他开始了有名的育种实验，而且一干就是10年。在当时，人们对遗传问题的研究几乎是空白，即使是最出名的科学家，也无从发现遗传有什么规律，人们认为，种瓜得瓜，种豆得豆。孩子当然像他父母。但是，孟德尔从自然科学的教学中发现了这个被人忽视的问题，并且决心通过自己的实验，寻找遗传的规律。

在19世纪，孟德尔能够进行的科学实验只有植物栽培。他发现，有些植物能把自己独特的性状通过种子传给下一代，如果把不同性状的同种植物进行杂交，会得出不同性状的后代。这种性状的传递，应该是有规律的，必须找到它。

那么，究竟选种哪种植物做试验呢？孟德尔经过仔细的观察，发觉豌豆的性状传递比较单纯，最利于进行鉴别和比较。他幸运地选中了这种植

物，为以后的研究铺平了道路。10年之中，孟德尔一共对21000株植物做过研究，记录了它们传递性状的结果，大量的实验结果给孟德尔准备了丰富的资料。

植物育种的周期是如此漫长，得到的数据又是如此繁杂，工作又是那么枯燥和单调。如果换了另一个马马虎虎的业余科学家，早就会被弄得眼花缭乱，早早鸣金收兵了。但孟德尔却不是这样的人，他有无比的耐心，又是一位极端仔细的观察者和记录者。他的这种极端的负责精神和一丝不苟的工作态度，即使在专业的科学工作者里面，也是罕见的。

现在，大量的数据和观察结果摆在孟德尔面前，看起来扑朔迷离，毫无头绪。该怎么办？孟德尔想起了自己在维也纳大学学过的数学，他觉得，要预见单株豌豆会给下一代传递怎样的性状，几乎是不可能的，科学家不是算命先生。但是，把大量数据和结果作数学统计分析，一定能找出其中的规律。

他是最诚实的学以致用论者，数学帮了孟德尔一个大忙。统计分析的结果表明，所有生物(如豌豆)都含有传递生物性状的基本单位，那就是基因。而每一株单独的植物，它们表现出来的性状都由一对基因决定，而基因又分为显性和隐性两种，植物性状由它接受的显性基因决定，隐性基因也保存在植物体内，却不显现出来，但会带给下一代。至于植物究竟把自己一对基因中的哪一个传给后代，却纯然是巧合，这恐怕便是植物多样性的原因。

孟德尔得出这些基本原理后，写出了《植物杂交实验》一文，发表在布台恩自然科学学会的会刊上。这份会刊太不出名了，很少能有人注意到它。于是，孟德尔便把论文印本寄给了当时最有名的遗传学权威卡尔·内格里。可是，内格里在复信中表示，他未能搞清论文内容及其意义，孟德尔的天才著作便被束之高阁，尘封了30多年。

直到1900年，孟德尔逝世16年之后，他的著作才被人发现。有三位科学家同时读到了孟德尔的文章，分别参考孟德尔提供的现点和方法进行实验，几乎在同时独立发现了遗传学规律。

由于他们的成果都得到孟德尔文章的启发，他们的文章也不约而同地运用了孟德尔的论文，他们的研究又一齐证实了孟德尔得出过的结论。这三位科学家一致认为，不能把孟德尔的科学研究看作是科学史上的"自然

损耗"，他们不愿把这一发现归功于自己，而把这一原理称作"孟德尔定律"。孟德尔终于得到了他生前本应得到的肯定和褒奖。他给科学增添的又一个重要内容，在将来的作用也许比现在会更大。

居里夫妇和镭元素

　　1911年，科学界爆发了特大新闻，居里夫人第二次获得诺贝尔奖，这在历史上还是第一次！她的两次获奖，又分别是在物理和化学两个领域，这不得不使世界上所有的科学家衷心折服。

　　居里夫人原名玛丽·斯可罗多夫斯卡，1867年11月7日出生于沙俄统治下的波兰。父亲是具有爱国思想的中学教师。那时候，俄国沙皇政府采用种种高压手段，奴役波兰人民，玛丽自幼就从父母那里接受了爱国主义的思想，爱国的思想火花一直在她胸中燃烧。1891年，品学兼优的玛丽考取了巴黎大学，1893年，她以全班第一的成绩毕业，获得了学士学位。1895年，她与法国物理学家比埃尔·居里结了婚，从此以后，这对志同道合的伉俪开始向科学的高峰攀登。

　　当时，法国物理学家发现了一个奇怪的现象，铀盐矿物能射出一种射线，这种射线和X射线不同，它不仅能穿透一层黑纸使照相底片感光，而且能把周围空气变为导电体，使验电器放出电来。为什么会产生这种现象？当时无人知晓，居里夫人决心解开这个谜，找到其中的答案。

　　要找到答案就必须做实验，可是他们没有实验室。几经努力，比埃尔·居里向校方借了一间阴冷、肮脏、破旧的贮藏室。居里夫人立即动手打扫，并安装了几样简陋的设备，开始了艰苦的实验工作。功夫不负苦心人，居里夫人发现放射作用是铀的特性。这个问题解决了，居里夫人向更深一层想开去：铀有放射作用，其他的元素会不会也有放射作用呢？她在破旧的实验室里，对已知的元素逐一进行检查，发现钍元素也能发出射线，它的射线与铀相似。居里夫人便将这个现象称为"放射性"，将有放射性的元素称为"放射性元素"。

　　在以后的实验中，居里夫人惊奇地发现，有些沥青铀矿、铀云母矿的放射强度是铀和钍的两三倍，这又是什么原因？是自己的实验有误还是另

有原因。经过反复实验，都证明她自己当初的发现是正确的。经过反复思考，她认为在这种矿里一定还存在一种还没有被人发现的新元素，而新元素的放射性比铀和钍强得多！

但是，新元素的存在只是一种大胆的假设，要证明这个假设，就必须把这种放射性更强的元素找出来。比埃尔·居里也认为这是一项极有意义的工作，立即放下手头正在进行的晶体方面的研究，全身心地投入到妻子进行的工作中。他俩在一间破旧的工棚里，将沥青铀矿石倒进大桶，加入酸和其他化学试剂，将沥青铀矿石煮沸。烧煮时，须用沉重的铁棒不停地搅拌。在整个烧煮的过程中，满屋子都是呛人的浓雾，居里夫人用她单薄的身体手持沉重的铁棒不停地搅拌，每天累得她腰酸背疼，直不起身子。桶里的原料搅匀后，还要细心进行分离。经过顽强不懈的拼搏，他俩终于从矿石中提取出含量不到百万分之一的新元素，这种新元素的放射性比铀强400倍！当比埃尔·居里要爱妻给这种新元素起名时，居里夫人首先想起的是祖国，她将新元素定名为"钋"——这是因为"钋"的词头和"波兰"的词头在拉丁文中一致。

新的元素发现以后，居里夫人继续向纵深挺进。居里夫人在测定沥青铀矿石含钡部分时，发现它的放射强度比铀大900多倍。这一新发现使他们惊喜若狂。根据以往的经验，他们推测一定还有第二种新的元素。经过不断的探索，他们终于用化学方法把这种新元素与钡分离，他们将这第二种新元素命名为"镭"。

科学是来不得半点虚假的，发现了镭的存在，就必须把它的原子量测定出来，而要测定镭的原子量，就必须把镭从矿石中提取出来。可是，这种矿石极其稀有，当时只有捷克出产，价格相当昂贵，他们就是把全部家当都卖了，也买不起必需的几吨矿石。两位天才的科学家想出了另一个办法：购买沥青矿的废渣！他们认为，铀是从沥青矿提炼出来的，而钋和镭没有经过提炼，一定留在残渣中。这种废渣非常便宜，买废渣提炼镭是可行的方案。后经维也纳学院代为说情，他们终于从奥地利买来了一吨比运费略高的废渣。废渣运达后，居里夫妇进行了分工，居里夫人在棚外提炼纯镭盐，居里在室内测定镭的特性。让他们始料不及的是，为了这项工作，他们耗费了整整四年时间。

每天一早，居里夫人就将大桶废渣煮沸，沸腾的废渣散发出呛人的

浓烟，居里夫人在浓烟中不停地操劳。遇上了雨天，还要忙着往棚里搬。居里则在透风漏雨的棚子里忙于化学分析，经受了无数次的失败。两年的时间过去了，他俩一无所获。原来，居里夫人估计错了。她原先认为，镭在矿石中的含量约为百分之一，后来的事实证明，镭的含量只有百万分之一，比居里夫人的估计相差一万倍！但是，居里夫人毫不气馁，一吨废渣用完了，又买来一吨，一个月过去了，又是一个月。经过45个月的努力，几十万次的辛勤提炼，他们终于从八吨废渣中提炼出十分之一克的氟化镭，并且测出了镭的原子量。别小看了这十分之一克的氟化镭，它是居里夫妇辛勤研究的结晶，是他们智慧的闪光。

这个消息不胫而走，在科学界引起巨大的反响，各国商人们也闻风而动，他们不惜重金要购买制镭的专利。居里夫妇当然知道镭的利用价值，它不仅可供研究，而且可以用它治疗癌症，如果他们申请专利，大量的金钱就会滚滚而来。居里夫人坚决地说："要是获取专利权，那是违背科学精神的！"居里夫妇毫无保留地向全世界公布了生产镭的技术。他们的行为获得了全世界的赞扬，1903年11月，英国皇家学会授予他们最高荣誉奖章——"戴维"奖。同年12月，他俩获得了科学界的最高奖赏——诺贝尔物理学奖金。

1906年4月，灾难从天而降，她的丈夫在车祸中丧失了生命。她忍着巨大的悲痛，以惊人的毅力继续从事科学研究。1910年，她终于分离出镭的纯元素，并研究出它的性质和放射性元素衰变的系统关系。由于她获得了一系列重大研究成果，居里夫人于1911年又获得了诺贝尔化学奖金。

居里夫人成名后，把获得的奖金几乎全用于资助别的科学家进行创造性的研究或帮助穷苦的人，把与居里先生备尝艰辛得来的成果——价值100万法郎的一克镭，无偿献给一个研究治疗癌症的实验室。

由于长年研究放射性物质，居里夫人的身体逐渐衰弱，1934年7月4日，这位科学史上的女巨人与世长辞。

用生命验证

1951年年初的一天，医生阿兰·邦巴尔看到一篇关于海洋探险的论文，说当在海洋遇难后，百分之九十的人是因为缺乏淡水和食物而死的。为了证实这个观点是否正确，邦巴尔决定亲身去实践一下。

1952年10月19日，邦巴尔乘坐一艘橡皮筏，从大加利群岛踏上了横渡大西洋的航程。出发时他没带任何可以吃的食品，手里只提了根钓鱼竿。头两天大海上风平浪静，橡皮筏顺利地向西漂行，饿了，邦巴尔就在筏边钓鱼，然后生吃下去；渴了，他就喝一口海水。

一个星期后，邦巴尔在橡皮筏上度过了自己一生中最难忘的28岁生日。那天，他为了庆祝生日，用鱼刺骨做了一个钩子，竟活捉了一只大鸟，让他好好享受了一番。后来他又突发奇想，用最笨拙的方法做了一把鱼叉，劳动果然没有白费，当天晚上，他用这把最原始的鱼叉叉到了一条大鱼。邦巴尔激动极了，在日记里写道：我已证明，只要在海上不失掉信心和意志，就一定能有办法捕到食物。

信心十足的邦巴尔在海上漂流了11天，陆地离他越来越远，这时他发现海上的飞鸟和鱼的数量也越来越少，为了能顺利漂流完全程，他拼命捕鱼，然后将捕到的鱼风干储存起来。

忙了几天，邦巴尔闲下来，此时大海对他已没新鲜感了，难耐的寂寞向他袭来。望着无边无际的前方，邦巴尔第一次感到恐惧，他回忆起过去自己安逸的生活，不禁想道：我是不是疯了，为了去验证一个与自己毫不相关的论点，竟冒这么大的险，究竟值不值得？

动摇归动摇，但已经没有回头路了，邦巴尔只得咬牙硬撑下去。就在这个时候，一场突来的大雨，又燃起了邦巴尔的信心，他从出航以来的近20天里，第一次喝到了淡水。

海洋上的不测往往是人难以预料的。一天，一群剑鱼突然出现在橡皮

筏的周围，邦巴尔知道这种鱼虽然胆子很小，但你要是不小心惹怒了它，它就会不顾一切地袭击你，别说单薄的橡皮筏不堪一击，就是凶猛的鲨鱼也要让它三分。为了不去惊动它们，邦巴尔既要保持警惕，又不敢轻举妄动，一时间，气氛非常紧张。

12个小时过去了，那群剑鱼竟还紧紧跟着橡皮筏，邦巴尔简直都快崩溃了，现在他已不指望这群阴魂不散的家伙会自动离去，只盼望大陆赶快出现。但是他此时只走了一半的路程，不过所幸的是，那群剑鱼在跟了他两天后，全无声无息潜入了海底。真要感谢上帝！

橡皮筏晃晃悠悠漂流了50天，进入了12月份，可陆地还不见踪影，邦巴尔的心情沉重而沮丧，多日来的恶劣环境已使他疲惫不堪。就在他彻底绝望的时候，一艘轮船突然出现在离橡皮筏的不远处，起先，邦巴尔以为那是自己的幻觉，直到轮船上的人大声呼喊他时，他才惊醒过来。

当橡皮筏靠近轮船时，邦巴尔问的第一个问题是现在的方位，而对方的回答让他大吃一惊，原来他比自己预计的方位偏东了整整1110公里，这说明他的这次漂流是以失败告终。经过慎重考虑，邦巴尔决定继续漂流，直到终点为止。轮船上的人十分感动，送给邦巴尔许多食物和淡水，可邦巴尔婉言谢绝，又双手空空回到他的橡皮筏上。

大海总是惧怕意志顽强的人，15天后，邦巴尔终于来到了目的地。当人们发现他的时候，他已完全虚脱，瘦得没了人形，但他在这次为期65天的漂流探险中，证实了在大海上完全可以靠海水和生鱼来维持生命。

捍卫科学的纯洁

格·拉德是法国著名的医生，神经病理学的奠基人。他擅长医治由于神经功能遭到破坏而引起的疑难杂症，像严重的失眠、无名疼痛、人体各种机能紊乱等等。经过他的调治，病情总会有不同程度的缓解，于是，他的名气越来越大。

那些其他医生束手无策的毛病，常常发生在一些特殊人物身上。王公贵族、商界巨子、政界要人承受着比普通人更大的精神压力，那些怪病便在他们中间流行。偏偏他们不愿让世人知道自己的缺陷，要维护自己的威严，便只好都来找格·拉德。叫一个人替大家保密，总比让十个医生知情好。格·拉德给病人开的处方，就成了讳莫如深的机密。

到1975年，中非的皇帝博卡萨登上了王位，这位暴君心理压力恐怕是太大了，只当了几个星期的皇上，便得了一种叫沃克尔综合症的怪病，他无论如何无法入睡，实在痛苦极了。

博卡萨是个独裁者，他的需要便是全体子民的需要。全中非的医生都来给他开方子。一连吃了本国医生开的90种草药，他的病没有丝毫好转，巫师们献出秘方，还因此残忍地杀害过好多童男童女，博卡萨依旧睡不着。皇帝到摩洛哥寻找这方面的专家，专家采用注射药物休眠的办法，把博卡萨折腾了三个星期，受够了洋罪，病还没治好。

博卡萨求医心切，只得秘密进入法国，找到了治失眠的权威格·拉德。格·拉德医生早就听说过他的种种暴行，觉得他早该死上一万次了。但是，医生还是接待了这位远道而来的患者，给博卡萨做了全面、细致的检查，开出了一张奇特的处方：一瓶最普通的安眠药氯苯纳敏。而且嘱咐病人，每晚只需服用半粒。

博卡萨大光其火。那种药，别的医生早给他开过，他曾经一次吞了十粒，一整夜眼睛还没闭一闭。半粒？只能哄爱哭的孩子睡一晚的安稳觉。

看来，医生是在委婉地拒绝替自己治病，或者暗示这病已无法治好。

瘴疾让博卡萨变得格外暴戾，中非人民也吃足了苦头。多行不义必自毙，他终于在1993年被赶下了台，不久便病死了。在清算这位暴君的过程中，许多令人发指的罪行都暴露在光天化日之下，其中牵涉到秘密去法国求医的故事。格·拉德的处方才第一次被公开。

处方虽然奇怪，解释却可有多种。反正这时格·拉德已经不在人世，你可以说他拒绝替暴君治病，甚至可以说他在戏弄博卡萨，或者说对无药可救的瘴疾，只能用常见的药物安慰一下病人。不故弄玄虚，这正是大师实事求是精神的表现。反正，无论在医生内部，还是外行人眼里，这只不过是小事一桩。

但一件小事却几乎酿成一场大祸。在欧洲的政要、富商、贵族中间，有些人也像博卡萨那样失眠过，偏偏他们也都找过格·拉德，都按医嘱，每晚小心翼翼掰开小小的氯苯纳敏药片，吞下那该服的半粒。他们感到了被戏弄的羞辱，担心别人怀疑这、怀疑那。当他们失眠症复发之后，便开始策划对格·拉德的报复行动。

于是，在新闻圈子里，响起了一阵窃窃私语，有人怀疑格·拉德的医术和医德，把他描写成巫医一般的人，科学的结晶只不过是他暗示病人的糖丸，而他却利用人们的信任飞黄腾达，名利双收。

一位医药博士受命去整理格·拉德留下的处方，瑞典科学院认为，既然曾经授予格·拉德诺贝尔医学奖，他们就有义务澄清事实，还格·拉德一个清白。

博士的研究结论是，格·拉德确实不肯用大剂量的镇静剂，他不只是对博卡萨，对所有病人，开出的处方，剂量总只有别人的一半，有时候甚至更低。他绝不是戏弄病人，而是自始至终贯彻着神经病理学的科学原则。

为了消弭否定格·拉德的暗流，路透社在纪念这位医学巨人逝世五周年的时候发表了那位博士的文章。文章中当然不能透露格·拉德给达官贵人们开的处方，但在阐述格·拉德治病原则的时候，提到了博卡萨的那张奇特的处方，还引用了格·拉德经常给学生讲的话：像失眠这种神经性瘴疾，药物剂量再大也没用，只会引起恶性循环。原因只有一个，患者的心地已经不再单纯，小剂量的药物，也只是纯洁他们心灵的辅助手段。

格·拉德的话，挫败了那些心地不单纯的人的污蔑，捍卫了科学的纯洁。

血液循环的奥秘

公元1522年，麦哲伦和他的船员完成了环球航行，这一地理大发现证明了地球确实是圆的，这就从根本上动摇了历来被认为不可动摇的种种经院哲学。人们纷纷重新审视一直无法解决的问题，他们的胆识都超过了前人，科学研究进入了一个思想解放的新阶段。

100年后，意大利帕多亚一家医学院的阶梯教室里，300多名学生环坐在圆形座位上，正等候他们尊敬的教师法布里修斯给他们讲人体解剖。此前，人体解剖还是件违法的勾当，现在居然正式列入了大学课程。

阶梯教室是一座圆形的建筑，四周没有一个窗户，从屋顶吊垂到中间解剖桌上方的蜡烛架，以及第一排学生手里拿着的灯，照亮着整个解剖桌，让全教室学生都能看清楚法布里修斯的一举一动。

法布里修斯的讲解清楚又生动，他边讲边做解剖，用实实在在的事物，证明自己的观点。在场的许多学生来自欧洲各地，因为只有在意大利，才能经常公开地进行解剖教学，学生也可以在课堂上自由讨论。

法布里修斯讲到了他发现的静脉血管瓣，他把这种瓣膜称为"血门"。这种小小的血门，就像一个水闸的闸门，能控制血液的流动，让静脉血只朝一个方向流动。这样，大腿的血才不至于永远积聚在腿部，而由下而上，流到身体上部。

在解剖桌旁，一位从英国来的孩子威廉·哈维捧着一盏灯，专心致志地听着老师讲解。他16岁时就进了剑桥大学学医，因为不满那里死板的学习方法，才慕名来到意大利。当他听完法布里修斯有关"血门"的讲解后，立即提出了一个问题："老师，腿部的静脉血是从哪里来的？又流到哪里去？"

面对这个瘦小的学生，法布里修斯诚实地回答："这个问题提得好。不过，老师还没法解答你的问题，要弄清楚它，还要老师和你们大家进行

研究。"哈维虽然有些失望，但是老师谦逊的态度和他对全体学生的鼓励使哈维对血液流动的问题产生了浓厚的兴趣，他暗暗下了决心，这个问题自己既然提出来了，就一定要解决它。

从此以后，哈维把解决这个科学之谜的任务作为自己终身奋斗的事业。他在意大利几乎翻遍了所有有关血液问题的著作。他发现，自古希腊以来，许多著名的医生和科学家对这个问题做了研究，却都无法找到正确的答案。前辈科学家只在人体构造、部分血液系统以及血管结构方面做了有益探讨，却不能从全身血液的流动方面作解释。其中，塞尔维特关于心肺血液小循环的研究成果，法布里修斯老师的瓣膜理论，可以说是这方面研究的最高水平。他要在这个基础上，探索血液循环的奥秘。

但是，要完成历史遗留下来的重大任务，谈何容易！哈维在意大利的研究，只不过接触到了问题的表面。他结束学业后，回到英国，当了一名普通医生。白天，他为穷人们看病，还常常为无力到医院门诊的病人出诊。晚上便继续着自己的研究。

一次次的动物解剖，一次次的人体血液检查，再加上必要的人体解剖，哈维终于发现，血液在心脏流动是有固定方向的：通过心脏的搏动，鲜红的动脉血被输送到身体各部分，又经过静脉回到心脏。人体正是靠这种从不停止的循环保证了机体新陈代谢的进行。

哈维终于通过自己不懈的努力，揭开了千百年来无法解释的血液循环之谜，初步解答了自己当初在老师面前提出的问题。他的事业取得了初步的成功。

哈维的发现立刻在医学界传开了，他立刻面临着另一场挑战。英国是一个传统势力极强的国家，许多人对新的事物本能地采取保留态度。有人讥讽说："我们过去不知道哈维的理论，还不是照样把病治好？年轻人总喜欢标新立异，说几句不着痛痒的话有什么用？"有人公开反对哈维，说他的理论"有百害而无一利"。有人甚至威胁哈维说："你的理论违背了教义，别忘了布鲁诺和百花广场！"

哈维知道，发现真理只是自己事业迈出的第一步，捍卫真理是另一场更艰苦的斗争。他十分冷静地面对一切，为了宣传自己的观点，他把自己多年研究的成果写成一本书——《心血运动论》。这书虽然只有薄薄的27页，却是世界医学史上最重要的科学著作之一。

　　这本书在英国无法出版，反对哈维的人势力太大了，出版商不敢冒这个险，哈维只得把书稿送到德国出版。他借书籍出版的机会，到欧洲做了一次旅行。旅行中，哈维对欧洲的同行做了一次人体解剖，边解剖边介绍自己的血液循环理论。他站在跟意大利帕多亚医学院一样的阶梯教室，站在解剖桌旁，边实验边讲解，到场的医生们被他详尽的解释打动了，他的血液循环理论终于得到了承认。

化学之父玻意耳

每天早上，园丁总是及时地把一篮美丽的紫罗兰放在玻意耳实验室的桌上。玻意耳认为鲜花的美丽对他的工作有着极大的好处。他从花篮里拿出一株紫罗兰放在鼻子下闻了闻，长长吸了口气，然后就把花放在了一旁，专心搞起他的研究来。过了一会，他的助手从外面进来，说是上次托人从荷兰带来的盐酸到了。玻意耳连头也没抬，只是随手一指："倒进烧瓶吧。"他的助手在倒盐酸时无意把几滴洒在了外面。

时间不长，玻意耳有些累了，他直起腰，这时他竟发现，那株紫罗兰正在冒烟。怪事，玻意耳抓起紫罗兰仔细看了看，那株紫罗兰紫蓝色的花瓣好像被谁施了魔法，变成了红色。

玻意耳举起花凝视了半天，一拍脑袋恍然大悟，原来只要把紫罗兰的花放在一种溶液里，它就能测出它是否是酸性的了。玻意耳和助手一起制取了各种颜色的浸液，他们发现有的是在酸的情况下改变颜色，而有的则只是在碱中改变颜色，而且变成了蓝色。玻意耳用这种研究出来的溶液把纸浸透，再将纸烘干，这种纸就是化学试纸。现代化学分析中用来鉴定溶液酸碱性的试纸就是玻意耳最早发明和使用的。

其实玻意耳不仅是试纸的发明者，他对科学研究还有其他的贡献。玻意耳1627年生于爱尔兰，在他童年的时候最钦佩意大利的科学家伽利略。在1641年，他为了拜访伽利略，还来到了意大利，可惜他到意大利没多长时间，伽利略就长辞人世。玻意耳非常难受，他为自己立下了志愿：一定要在科学领域里有一番作为。玻意耳对于科学研究的看法是，只有通过实验才能证明自己的观点，决不能想当然。为了研究，他在英国继承的祖传领地斯泰尔建立了实验室，着手进行化学、物理学、农业学方面的研究工作。

经过努力，玻意耳在科学界已经小有名气。但玻意耳仍嫌自己没做出

过什么成就。1654年，玻意耳来到了牛津，继续他的化学实验工作，一年后，物理学家虎克来到他的身边，给他做助手。这段日子他们主要研究气体和微粒理论。

玻意耳和虎克改进了经常要用的泵，改进后的泵很好用，它的外观像自行车打气筒，可以把空气抽出来。在做实验的过程中，玻意耳又有了意外的收获，他发现在真空中物质难以燃烧，磁铁在真空中却依旧起作用。得到这些结果后，玻意耳对声音能否通过真空产生了兴趣，他把一只钟放在玻璃罩里，然后，慢慢地抽去玻璃罩中的空气，试验中，玻意耳注意到，钟的声音越来越小了，从而得到了真空不传播声音的结论。

玻意耳所有的试验中，最有名的是气体定律。对于此定律，玻意耳却显得过分谦虚，他称自己关于气体定律的论文是"假说"。几乎在同时，玻意耳发表了论文《怀疑派的化学家》，各种原因造成了气体定律在当时并没引起多大的反响。直到14年后，法国物理学家马略特也通过另一种试验方法，拿到了跟玻意耳一样结果的定律，于是后人称此定律为"玻意耳—马略特定律"。此定律是说气体的体积随压强的改变而改变的规律，一定质量的气体在保持温度不变时，它的压强和体积成正比。

尽管在当时化学已经发展起来，但它还没有成为一门独立的学科，大多数是用在寻找点金石和药剂师制药上。玻意耳出了他那本《怀疑派的化学家》之后，很多科学家都争着阅读，书里最引人注目的观点是明确指出了炼金术的荒谬理论。他第一次提出了科学的元素概念，他说元素是确定的、实在的、单一的纯净物质，元素没有分开的可能，如果某种物质被分解或转化为其他物质，那它就不可能是元素。

玻意耳关于元素的观点，使他成为了化学之父、化学的奠基人。此观点在17世纪的欧洲产生了极大的影响，玻意耳成了家喻户晓的人，谁都希望认识玻意耳，哪怕能和他讲上一两句话，也是一辈子的荣誉。一时间玻意耳经常接到一些王公大臣们的邀请信，所有人都把他当成最尊贵的客人。在荣誉面前，玻意耳并没有昏了头，他觉得这些东西实在是无关紧要，它的到来，只会影响自己的研究。玻意耳在意识深处把荣誉抛到了脑后，他想尽一切办法来摆脱找他的人。

随着时间的推移，玻意耳于1669年从人尿中提取了磷，并发表文章介绍了它的性能，在以后相当长的时间里，磷被大家称作玻意耳磷。到了晚年，由于精力不够，玻意耳已经放弃了对化学的研究，而把注意力转到了哲学方面。他在哲学方面也发表了很多文章，出了很多书，但大家提到他时，还是不讲他的哲学，而是把他作为开创了近代化学事业的化学之父。

肥皂泡上的科学

牛顿被人们誉为"科学巨匠"，1643年1月4日，他生于英国林肯郡。少年时代的牛顿性情孤僻，学习成绩也不太好，但他好思索，不论什么事，都爱打破沙锅问到底。

一天，已经16岁的牛顿正在一心一意地用蒲公英的茎条吹肥皂泡。他看着一个个肥皂泡在阳光下花花绿绿的，呈现出各种各样的颜色，感到很稀奇。他问妈妈："为什么有这些不同颜色？"妈妈说："这有什么稀奇的，肥皂泡本来就是这样的。"

牛顿听了，并不感到满意。他又问："为什么'本来'就是这样的呢？这里面一定有什么道理。我想，这可能跟阳光有什么联系，也许，阳光不只是一种颜色。"

妈妈说："不要胡思乱想了，谁不知道阳光是白色的？行了，干活去！"

牛顿虽然放下手里的肥皂液在帮妈妈干活，可心里仍丢不下那花花绿绿的肥皂泡。

1661年牛顿考入剑桥大学三一学院，1665年大学毕业获得学士学位。这年6月，当地发生瘟疫，他从首都回到了故乡。

回故乡的第二天，是个阳光明媚的大晴天。当刺眼的阳光把牛顿从床上弄醒时，他下决心一定要弄清楚阳光和色彩之间的秘密。于是，他翻身起床，早饭也顾不上吃，马上开始了新的实验。

在他收集的实验器具中，数玻璃片最多了。牛顿认为：肥皂泡只不过相当于一个空心的透明玻璃球，既然肥皂泡在阳光的照射下能呈现多种颜色，那么，受阳光照射的玻璃片上，不也应该看到那些颜色么？

牛顿在窗前一边吹着肥皂泡，一边拿着玻璃片仔细观察起来。可是，他一连换了几块玻璃片，也没有看到上面出现五彩缤纷的颜色，而阳光下

的肥皂泡却仍然是花花绿绿的。"这到底是什么原因？"牛顿不由自言自语，"难道是我的推断错了吗？"

牛顿又继续观察着。当他拿起一块三棱形的玻璃朝着阳光晃动时，奇迹在眼前出现了：那块三棱形玻璃上，呈现出肥皂泡上类似的景观。比起肥皂泡在阳光下闪烁不定的色彩来，三棱形玻璃上的色彩更稳定，而且一层层呈现红橙黄绿青蓝紫七种颜色。

牛顿并没有因见到这七种颜色而罢休，他进一步进行实验。他想，白光既然可以分解成七种颜色，那么，把七彩的光汇聚在一起，不也一样可以得到白光吗？

于是，他又把一个凸透镜放在三棱镜片与白纸屏之间。立刻，他预期的效果出现了，经过三棱玻璃片分散的七色光又会聚了起来，白纸屏上明显地呈现出一条白色的光带。

就这样，牛顿由极普通的肥皂泡而不断地思索和研究，不断地实验，终于发现了光学中的一个十分重要的原理——光的色散和聚合原理，为后来的光谱学开辟了道路。

科学发明的成功，来自于科学家孜孜不倦的追求。

天花被征服

18世纪中叶，英伦三岛又开始流行恐怖的天花。天花是一种危害人类的古老瘟疫，谁染上这种病毒，谁身上就会长出无数脓包，接着并发其他疾病，最终导致死亡。侥幸存活的病人也会因为面部脓包的溃烂，留下终生不愈的疤痕，变成人们所称的"麻子"。

天花一旦蔓延，就会造成许许多多人丧生。就算人们足不出户，灾祸也会从天而降。起初家中一个人得了天花，然后传给妻子、儿子，全家无一幸免。天花再蔓延开去，流传到全村、全省、全国，造成历史上最悲惨的场景。

但是，天花这种小得不能再小的病毒，却被人类彻底征服了。目前，除了在美国、俄罗斯和南非严密控制的实验室里还存有这种人类天敌的标本外，所有的天花病毒都已从地球上消失。而在这场人类与天花的胜利战斗中，第一个建立功勋的，就是18世纪英国的一位乡村医生爱德华·詹纳。

爱德华·詹纳生于1749年，天花在18世纪中叶在英国流行的惨景给他幼小的心灵留下了深深的创痛。他20岁走上了学医的道路，不久便以优异成绩取得了学位。可是，伦敦医学会因为詹纳拒绝参加无聊的理论考试而不让他入会，他无法在伦敦行医，便回到了乡村，当上了一名乡村医生。但在这个位置上，詹纳只能尽自己的能力，尽量帮助那些不幸的人们减轻痛苦，除此以外，他一直没有能找到防止天花发生的办法。

直到爱德华·詹纳40岁时，他在一次乡间聚会中，听到一位醉醺醺的年轻人对别人说："小伙子，你想找老婆？我劝你快到养牛场去，那儿的姑娘个个漂亮，她们的脸上绝对不会长那种疤痕，我敢保证。哈哈！"

詹纳听了，不禁莞尔一笑，但潜意识使他立即想到，那人说的，是养牛场的姑娘从未有生天花的，这倒奇了。难道就在所有的养牛场里，竟然

存在着那个秘密值得自己去追寻?

多年的愿望和对职业的钟情促使詹纳下决心去调查此事。经过多次的调查和研究,詹纳发现,在牛身上,也会长出一些类似天花脓包的痘疮,养牛的姑娘接触了这些痘疮,手上也会长一些类似的痘疮,留下斑斑点点的小小疤痕,就是这些疤痕,使她们神奇地产生了对天花的免疫力。

一线光明出现在詹纳的眼前,在他努力寻找这种能避免生天花方法的依据时,终于发现了一则资料:100年前,在遥远的东方中国,人们就曾经采取过种"人痘"的方法避免天花。他们把生轻微天花的病人鼻上的痘浆,接种到健康人身上,让健康人也染上轻微天花,从而产生免疫力。狄德罗曾经大力提倡过这种方法,只是因为种"人痘"危险性太大,医生们不知道哪个人的痘浆是无碍性命的,如果弄错了,反而会让健康人丧生,这种办法才没有推广。现在,詹纳发现了绝对无害的"牛痘",难道这就是征服天花的方法?

爱德华·詹纳决定要大胆进行试验。该让谁来试验呢?作为医生,他要对整个过程做记录和研究,无法自己充当试验对象。而别人,有谁肯冒生命危险做试验对象呢?万一出了危险,连詹纳也会受到法律的惩处。人毕竟不同于实验动物!

詹纳一狠心,决定在自己儿子身上进行试验。他一直热衷于医学,35岁才结的婚,儿子才两岁半,中年得子,该是十分钟爱的。但是,詹纳宁愿为千千万万人做出这种牺牲,为科学事业做出这种牺牲。

詹纳好不容易说服了妻子,做好了充分准备,然后毅然在儿子手臂上接种了"牛痘"。这以后半个多月,詹纳日日夜夜守着孩子,他发现,孩子接种"牛痘"的地方出现过溃疡,孩子也发了两天烧,但不久,溃疡留下了小小的疤痕,烧也退了。这证明"牛痘"确实不是可怕的瘟疫,它比"人痘"安全。

一年之后,他的家乡又出现了天花病例,大胆的詹纳又做了一次更让人心惊肉跳的试验,他把天花病人的脓浆再次接种到自己儿子的手臂上,考验自己儿子的免疫力。

这事儿如果换了另一个健康人,准会送了那个人的命。但是,詹纳年幼的儿子却没有染上天花,危险的脓浆只留下一个浅浅的疤,孩子的免疫力战胜了天花。因为天花是一种终身免疫的疾病,生了天花痊愈的人,决

不会生第二次，他的血液里有强大的天花抗体。

詹纳以后又接连做了几次试验，得到的结果完全一样。于是，在1798年，爱德华·詹纳来到伦敦，宣布了自己试验的结果。伦敦医学会大吃一惊，他们无论如何想不到，一位被自己驱逐的医生会攻克这世界性的难题。

这一重要发现公布后，立刻受到各方面的重视。英国王室率先请詹纳替所有成员接种了"牛痘"，接着，"牛痘"很快在整个欧洲推广。成千上万人从此再也不必为天花蔓延而心惊胆战，人类在征服天花的征途上迈出了坚实的、决定性的一步。

尽管爱德华·詹纳对自己的发明并没有发现它的预防机制，尽管以后人们弄清了其中的科学道理，不必再去牛身上搜集痘浆，可以通过其他途径制造更有效的疫苗，但是，人们还是把这种疫苗称作"牛痘"，那是为了纪念詹纳这位为医学事业贡献了一切的乡村医生。

珍妮纺纱机

自从约翰·凯伊发明的"飞梭"在纺织工厂推广之后，哈格里沃斯感到十分兴奋。

像他这样的织布工人，以前织起布来，真够累人的。梭子要用左右手交替着投进经线中间去，每投一次，布匹只能增加一根棉纱粗细的长度，一天织不了多少，两只肩膀却像灌了铅般沉重。现在，梭子上有了根细线，哈格里沃斯只要轻轻一拉，梭子就会穿过棉纱，既轻松，速度也提高了好几倍。这发明创造，的确是神极了。

过了不久，哈格里沃斯又烦恼起来。他是个织布工人，纺机有了新发明，自己是轻松了。可是织布要有棉纱，棉纱还得由纺线女工纺出来。

织布机效率提高后，棉纱却供应不上。虽然老板逼着女工加班加点，棉纱还是不够用。累得珍妮每天到了晚上便唉声叹气，拼命咒骂那个该死的凯伊发明的什么飞梭，进而开始咒骂所有的纺织工人，只顾自己多织布，不管纺纱人的死活。即使如此，吃过晚饭后，她还得点上油灯，再纺上几个钟头。

唉，老板逼得太凶了。

哈格里沃斯幸灾乐祸没几天，就被珍妮唠叨得心烦，一点儿也高兴不起来了。他想，老这么下去也不是办法，纺纱、织布是一个整体，好比一匹马使劲拉车，想让马车跑得快一点，可是车子是那么破旧，又那么沉重，整个马车还是无法跑快。

他想既然约翰·凯伊那老家伙能想办法改良出什么飞梭来，我为什么不能也改良出一点什么来，让纺机也变得快一点？就是为了珍妮，让她也能像自己一样轻松一点，也该动动脑筋，把这件事办好。事在人为，他就不信自己比不上那个凯伊。

心中萌生了改良纺纱机的念头，哈格里沃斯便整天思索着这个问题。

他一有空便盯着珍妮纺纱，那纺机也太原始了，只有一个纱锭，一只手要摇动纺机，另一只手还要控制棉花束，纺出的纱很粗，纺纱的人既紧张，又劳累。该怎么改变这种状况呢？

直到1764年，哈格里沃斯在一次意外中发现了改良纺机的方法。那一天，他路过珍妮的纺机，脚下一绊，把纺车推倒了。珍妮一肚子不乐意，正想开口发几句牢骚。哈格里沃斯却朝她摆摆手，止住她说话，两眼盯着倒地的纺机发起呆来。

你瞧，那纺车倒在一边，那支纺锤已经由平放变成朝着天，它虽然垂直竖立着，但依然在纺轮带动下旋转着，转得非常平稳。哈格里沃斯想：如果纺锤横放着，纺轮只能带动一只；现在竖直的纺锤既然也能旋转，就应该可以并排竖好几根纺锤，效率不是可以提高好几倍了吗？

他一发现提高效率的途径，整个人顿时变得跃跃欲试起来。哈格里沃斯不仅是个好的织布工，还是位心灵手巧的木匠。珍妮的纺机他已摸得透熟，一旦想到了改变旧纺车的办法，他立刻动手干起来，一架新型的垂直纺纱机，在他手中逐渐形成。

哈格里沃斯先打造一具矩形的机架，用四根木腿固定起来，机架下装一根转轴，利用手柄和纺轮，再用皮带连接起来，动力部分便形成了。这以后，他在机架上安装两根平行的滑轨，装上两排纱锭，一排竖直，一排斜放，这样，斜放的纱锭上粗纺的棉纱就可以一边绕到竖直的纱锭上去，一边牵伸和捻转，粗纱就变成了可以织布的细纱。

为了保证棉纱在细纺过程中不从纱锭上滑落，哈格里沃斯又在两排纱锭间装上卡线设备。纺纱女工只要摇动纱轮，同时推动卡线设备，纱锭上就会出现均匀的纱层，直到符合织布机需要的直径为止。

起初，哈格里沃斯在每台竖式纺机上装8个纺锤，每次可以纺出4个纺锤的细纱来。以后改进了纺轮的动力，纺锤便改成18个，30个……最后能够一次转动80个纺锤。这样，每个纺纱女工可以完成以前40个人做的工作，纺纱效率提高到过去想像不到的程度。

哈格里沃斯的发明改变了整个英国纺织工厂的状况，各个纺织工厂听说有这个改革，纷纷学着改造了自己的纺车。

哈格里沃斯提出了专利申请，可是，一连几次申请，专利局都以图纸不精确、没有足够的证明文件而置之不理。专利局根本不相信一位没上过

学的工人会造出这样的机器。

匆匆又过了六年，这六年中，英国所有的纺织工厂几乎都采用了哈格里沃斯的发明，英国的纺织工业比起以前来有了长足的进步。这时候，专利局才感到已经无法否定哈格里沃斯的申请了，于是他们准备了专利证明文件，约哈格里沃斯去登记。

哈格里沃斯望着那张专利证明，心里涌出一种说不清楚的感慨。他发明这种机器，本来并不是为名，现在也无利可图。他当初只是想把珍妮从劳累中解救出来，也是为了证明自己跟约翰·凯伊一样，完全有能力做一个聪明的人，而不只是个劳动机器。

当专利局的官员指着专利证明上空着的名称一行，要哈格里沃斯替纺纱机起一个名字时，他只是皱了皱眉头，迅速地在上面写上了简单的几个字：珍妮纺纱机。

瓦特改变了世界

　　詹姆士·瓦特是英国最伟大的发明家。他出身于一个贫苦的技术工人家庭，他的父亲经营一个小作坊，专门制造和修理船上的装备和仪器，而他的母亲是个勤劳的妇女，她这一辈子有五个孩子，可只有瓦特活了下来。

　　由于家庭的贫穷，造成了瓦特从小就体弱多病。一次，家里有两位客人见瓦特不去上学，却蹲在地上用粉笔画东西，就认定瓦特是个"不肯上进的孩子"。他们站在一旁，嘀嘀咕咕，眼里露出了看不起的神色。看见客人这副表情，父亲便明白了，他深深叹了口气，对客人说："家里太穷，孩子上不起学，所以……"这样，两位客人才弯下腰，他们发现瓦特在做一道数学题。

　　后来，父亲想尽一切办法，让瓦特去上了学。在学校里，瓦特的数学成绩特别好，为此经常受到老师的表扬。放学后，瓦特回到家中，总要帮父亲去做一些事，慢慢地瓦特便对木工活产生了兴趣。父亲见儿子喜欢自己的活，心里也很高兴，便送给他一个小木屋，里面放着各种各样的木工工具。于是，瓦特从小就学会了制造模型。

　　瓦特中学毕业后，由于父亲的事业受到了挫折，家里的生活陷入了困境。就在这时，他的母亲因为受不了打击，与世长辞了，17岁的瓦特只好放弃上大学的打算。瓦特虽然失去了学习的机会，可他的父亲不甘心，不愿儿子一辈子像自己一样，毫无出息，他把儿子送到了他的舅舅那儿，因为瓦特的舅舅是大学里的教授。瓦特的舅舅十分喜欢这个外甥，为了更好地辅导外甥，他写了一封信，介绍瓦特去投奔名师肖特学艺。

　　没想到，肖特师傅看了信，却感到为难。在伦敦，仪器制造业的行当不收伦敦以外的人作学徒，而且学徒的年龄也要求在15岁之内。热心的肖特师傅为了瓦特的事，四处奔波，三个星期后，他给瓦特找到了不在乎行

规的摩根师傅，瓦特要跟着摩根师傅学习四年。

瓦特终于学业有成。他在大学校园里，开了一个修理、制造和出售科学仪器的店铺，门上挂的牌子写着"本校教学仪器制造人瓦特"，而此时的瓦特只有21岁。在学校开店，瓦特和刚取得硕士学位的大学生罗比逊成了好朋友，他们经常在一起对一些科学问题进行讨论，他们提得最多的便是关于蒸汽机的问题。

第一台蒸汽机由法国人巴本在1690年就发明出来了。可这种蒸汽机由于各方面都不合理，所以非常不实用。直到1705年，英国锻工纽可门设计出一种新蒸汽机，才有了实用价值。几十年间，大约有100多个英国矿井采用了这种机器抽水，还出口了几台到欧洲大陆其他地方。人们梦想的东西成了现实，蒸汽机真的能代替人去工作了。但它到底还有什么用处，还要如何改进呢？这又成了众人关心的事。

瓦特的朋友罗比逊认为，蒸汽机应该不光用在提水上，还应把它用来带动织布机，甚至应当推动车轮前进。瓦特非常重视这种想法，从1759年起，他就开始研究蒸汽机了。可他只能看看资料，却无法看到别人怎样做蒸汽机。五年后，一个机会来了，格拉斯哥大学一台教学用的纽可门蒸汽机模型坏了，学校在伦敦找遍了有名的工匠，但没有一个人有办法。这时有人提议让瓦特试试，说不定他能修好，学校抱着试试看的态度，找来了瓦特。

听到这个消息，瓦特兴奋得一晚上都没睡好，他以最快的速度开始了工作。经过仔细研究，瓦特发现纽可门蒸汽机耗煤多，效率低，而且有四分之三的蒸汽白白浪费掉了。

1765年5月，瓦特想出了气缸和冷凝器分开的办法，这是蒸汽机发展史上的重大成就。经过无数次失败，瓦特终于在1768年制造出单动作蒸汽机。这种蒸汽机比纽可门蒸汽机安全可靠，耗煤量降低了四分之三。一些因排水困难要关闭的煤矿，使用后生产大有起色。但瓦特并没因一点小小的荣誉而停下脚步，他前后利用了26年时间不断改进蒸汽机。1782年，他造出了双动作蒸汽机，以后又发明了平行连杆机构、气缸示功器等。到1790年，才算完成了对蒸汽机的整个发明过程。

从此，人类进入了"蒸汽时代"，以蒸汽机为动力的纺纱厂、织布厂，一批批在英国建立。瓦特发明的蒸汽机，犹如铁臂巨人，极大地推

动了英国工业革命的发展。1776年，用瓦特创制的蒸汽机给熔铁炉鼓风成功，从而又让英国从生铁输入国变成了生铁输出国。新式蒸汽机的发明，也同时提高了采煤的速度和产量，英国一跃成为欧洲第一产煤国。1807年，蒸汽机又被安放在轮船上，航海业也由此而得到改观。

瓦特改变了世界，他为人类的发展作出了不可低估的贡献。

捕捉元素

见过汉弗莱·戴维的人，都会因为他颀长健美的身材、漂亮的面容而产生好感，他简直是英国一位标准的青年典型。可是，熟悉戴维的人都知道，正是这位翩翩绅士，常常引起种种轰动效应。他，是最不寻常的明星般的人物。

戴维常常引起英国社交界一群人的遗憾，这便是沙龙派的诗人们。他们常常在一起讨论诗坛的新人新作，他们发现，在所有最年轻的一群诗人中间，戴维应该是最有希望的一个。他们对戴维发出邀请，可是，戴维总是轻轻一笑，回答那些诗坛的朋友说："是的，我爱过诗；我也想过，要当一名出色的医生；或许我可能成为一名演员，11岁的时候我便在大厅里当过演员。但是，当我读过拉瓦锡的著作，我才认识到，研究化学才是我终身的职业，我要为它奉献出全部力量。"

就这样，一位极有天赋的青年诗歌爱好者没有步入诗坛，而成为了一名化学家。对自己事业的选择让他从一开始就建立了不达目的誓不罢休的坚强意志，这给了他无穷的力量。遗憾是别人的，他终身无悔。

戴维又是一位常常令人担忧的人。好多次，戴维出事的消息传开，让他的朋友害怕得不敢打听他的确实消息，生怕传言不幸言中，自己无法承受噩耗。

1798年的一天，气体研究所的主任贝多斯先生来到戴维的实验室，跟他商量工作。戴维正在玻璃仪器之间忙碌着。贝多斯先生知趣地兜了个圈子，来到戴维身后，打算等戴维忙完了手里的工作再找他。

大约是贝多斯先生太在意戴维了，他不小心打翻了桌上的一只玻璃瓶，"咣当"的响声惊醒了戴维，他回头一看，发现主任正一脸歉意地盯着地上的碎瓶，他张了张嘴，把到嘴边的话咽了回去。

贝多斯先生急忙打招呼："对不起，我马上派人送新的瓶子来。"

戴维苦笑了一下，说："没关系，我可以再制一瓶。"他心里可真是有苦说不出。那瓶里装的，是戴维辛辛苦苦制出的氧化亚氮，戴维正要用它检验这种气体是不是像别人众口一词咬定的那样，是一种剧毒的气体。现在，由于贝多斯的不小心而打碎了瓶子。

突然间，戴维和贝多斯不约而同地大笑起来，而且笑得越来越欢，简直是不由自主。室外的助手闻听，急忙跑进来，把还在畅笑的两人拉出了实验室，他们的笑声才渐渐停止。这时候，两人才感到头脑间产生了剧烈的疼痛。

能让人像神经病一样发笑的，难道会是毒药？看来这个实验用不着再进行了。但是戴维却不肯中止，他重新制备了气体，拿狗，拿猫做试验，最后，又让自己来试验。

经过一次次试验，戴维终于得出了结论，这种气体有麻醉性质，刺激神经后，能使人产生快感，但它绝不是毒气。

他把这种麻醉性气体称作"笑气"，预言它今后在外科手术中一定会发挥作用。

当伏打电池问世后，一直在忙着提纯金属元素的戴维一下子兴奋起来，既然伏打电池能分解氧化氢，使水变成氢气和氧气，那么在金属盐溶液里插上电极，会不会分解出金属来呢？这种把物理的新能源跟化学的提纯工作结合起来的想法，确实让人不敢相信。

戴维确定了目标，立即开始了实验，他首先进行碱的电解实验。

他把碱放在白金勺中，加热后让碱变成透明的液体。然后让助手在白金勺上接通电流的阴极，他自己却提着通阳极的白金丝靠近碱溶液。

当白金丝接触溶液的一刹那，白金勺边冒出了火焰，白金丝附近却冒出了气泡。电解是成功了，但生成物却在瞬间化为灰烬。

为了捕捉瞬间即逝的生成物金属钾，戴维设计了自己的电解器，白金勺改成了白金坩埚，顶部加上了专门收集金属粒子的工具。

为了使高温的金属冷却，第一次他把金属倒进贮水的玻璃杯。不料那几粒珍珠般的金属一与水接触，水立即沸腾并燃烧起来，紧接着是一声雷声般的爆炸。玻璃杯炸得戴维满脸是伤，右眼也暂时性失明了很长时间。

戴维身体受了伤，心里却十分兴奋，他终于分解了碱液，也知道轻金属不能跟水接触的道理。

他没有退缩，继续改换方法进行新的试验。接下来的工作几乎没碰到多大的困难，他在不长的时间里陆续电解出钾、钠、钙、镁、锶、钡、硼、硅共八种元素。

在短短的一年中间，能够接连分解出这么多元素，在科学史上是绝无仅有的，这要归功于他创立的化学反应中最强大的氧化还原法——电解法。

汉弗莱·戴维就是这样一个人：他让人感到遗憾，因为他多才多艺，完全可以在不同的领域成功；他让人既担忧又吃惊，因为他的事业充满着危险，但又取得了极大的成功。

人们给他一个极相称的名字：善于捕捉元素的人。

发电机的故事

　　要不是当年父亲把13岁的法拉第送到一个书籍装订铺去当报童，他也许会像父亲一样，在熊熊的炉火面前淌汗，为一家人填不饱的肚子担心，因为劳累过早地疾病缠身，在贫民窟里挣扎一生。

　　辛酸的童年给法拉第的惟一教益，便是必须竭尽全力为自己的未来奋斗。当了报童，他风里来，雨里去，为挣得每一个便士而辛劳；他还必须读懂报纸，这样便可以更顺利地推销自己的报纸。他利用一切机会向别人请教，渐渐地，他这个没上过几天学的铁匠的儿子，终于能读懂报纸上的文章，偶尔可以跟成人们讨论一下时事和政治了。

　　一年后，书籍装订铺的老板把法拉第收为学徒，学习装订技术。在法拉第的面前，展现出一个新奇无比的天地。整整八年的学徒生涯，成了他自学成才的八年。好在他很快掌握了装订技术，老板才没有过分呵责这个似乎太不守本分的小学徒，让他随意翻阅店铺里的书籍。

　　在一间小小的铺子里，法拉第读完了一本又一本自己装订的书，从通俗的读物，到高深的科学著作，他一本也不肯放过。懂得了科学知识，法拉第更"不安分"起来，他开始照着书本上介绍的办法，做起了科学实验。

　　他的第一个实验，是做一只"莱顿瓶"。他找到一只玻璃瓶，在瓶内外贴上锡箔，接上两根铜丝。然后，他用毛皮摩擦玻璃棒，使它产生静电，一点点贮存到瓶上。重复了十几次后，法拉第让两根铜丝靠近，只听"啪"的一声，铜丝间突然跳过一朵火花。这成功的第一个实验，竟使法拉第走上了成功之路，他心头的火花也闪亮了。从此，他下定了决心，渴望着成为一个能造福于全人类的科学家。

　　但是，科学殿堂的门槛，对于法拉第这样一位铁匠家庭出来的装订学徒来说，实在是太高不可攀了。他曾经给英国皇家学会的班克斯写信，希

望能到学会担任一项工作，哪怕是去整理实验室也行。可惜他得到的却是冷酷的嘲弄，科学不需要他这样的局外人。

已经坚定地献身科学事业的法拉第没有向命运屈服。他又向自己最崇拜的科学家戴维写了一封自荐信，还送上自己听戴维学术报告后精心整理的笔记。

戴维爵士也是一位自学成才的科学家，从法拉第身上，他看到了自己年轻时奋斗的影子。法拉第的听讲笔记，更使戴维感动不已。自己不满四个小时的讲演，法拉第竟整理了386页笔记。自己讲过的，都记了下来；做过的实验，他配上精美的插图；就连应讲而未涉及的内容，年轻人都补充在笔记上。真不相信这是出于一位刚满师的书籍装订工之手。

经戴维的提议，英国皇家学院理事会作出了非比寻常的决议，吸收了这位订书匠当实验室的助手。从此，法拉第跟着恩师戴维，遍访欧洲，结识了许多知名的科学家，见识了许多先进的实验仪器，提高了实验技能，大大开阔了眼界。法拉第终于成为一位能独立工作的科学工作者了。

法拉第并没有忘记自己当学徒时下的决心，他很快成为发表论文最多的年轻学者。每篇论文叙述详尽，立论正确，指责前人的错误也十分得体。惟一要等候的，是自己有新的创造，他就可以跻身于有巨大贡献的科学家行列，在科学大道上勇往直前了。

这样的机会终于来临。1820年，丹麦科学家奥斯特发现了电与磁的关系，通电的线圈会产生磁场，使磁针偏转。这一发现如石破天惊般震撼了科学界，也在法拉第面前打开了一扇新领域的大门，他立即投入了自己最热爱领域的研究工作。

在奥斯特的实验里，运动的是磁针，固定的是线圈。经过多次反复的实验，法拉第把实验方式倒过来，让磁场固定，在里面加进一个通电的线圈，这时候，线圈立即绕着磁场旋转起来，电能终于变成了动能。

接着，法拉第又把实验颠倒过来，看一看在磁场中运动的线圈里究竟会发生什么现象。他把线圈跟测验电流的仪器连接起来，然后把线圈放进磁场，看看仪器有没有变化。一连试验了好多次，电流表的指针依然一动不动。难道这个实验注定不会成功？

最后，法拉第发觉，是自己的操作出了差错，他总是先将线圈放进磁场，然后回头观察仪表，这时候，表头无论如何不会移动，它已经恢复到

了原状。他改变了顺序，先紧紧盯着仪表，然后再把线圈放进磁场。就在线圈在磁场运动的一刹那，表头的指针移动了，动能终于可以转化为电能了。根据这个原理，他发明了世界上第一台发电机——法拉第盘。

这以后，他又发明了第一台变压器、第一只感应圈。并在理论上有所发现，总结出了有关电解的两条定律……正是因为法拉第的发现和发明，人类才得以取得强大的电能，才得以跨入电气化时代。

从装订书本的小学徒，到有划时代意义发明的科学巨人，法拉第走过的道路是十分艰难的。保证他成长的根本原因，是他对事业的钟爱，以及他为完成事业所具有的那种十分可贵的精神。

铁路之父

在英国有一个叫诺森伯兰的城市，城市的西南边，有一个傍靠煤矿的小村子。村子里的人大多在煤矿工作，他们日复一日，从地下挖出煤来，再用马拉着煤车，把煤运到附近的码头，日子过得既辛苦又穷困。

这一年，村子里的矿工们看到了一桩可笑的事：斯蒂芬逊家的那个孩子，都快19岁了，还跟八九岁的小娃儿坐在一条板凳上，使劲地读那些弯弯扭扭的字母，也不害羞。这傻蛋已经是矿上一名出色的机械工人了，凭他的技术，他完全能够在下班之后坐坐酒吧，追追姑娘，成个家，为啥非要像个贵族孩子一样，认识字呢？他父母亲啥字也不识，不是活得也不错吗？

特别是当他们看到小斯蒂芬逊居然在村里雇了几个小孩子，把自己写的字送到夜校老师那儿批阅。孩子们举着石板满街地跑，简直像个邮差时，各种各样的嘲笑、讥讽便像满天大雪一般，一齐降落到小斯蒂芬逊头上，仿佛他是天上掉下的怪物，专门来给村里无聊的人提供茶余饭后的笑料似的。

就在19岁生日的那天，斯蒂芬逊终于完整、正确地写出了自己的姓名。他才不管那些无聊的嘲讽呢。他从一位技术人员那儿听说，所有的机械操作和修理技术都写在书上，为了当一名好技师，他怎么能不学会读书和写字呢？真是少见多怪。

当斯蒂芬逊坚持读书，迅速提高了技术，成为矿区里第一号抽水泵修理技师后，人们对他的嘲讽似乎已经销声匿迹，投给他的，倒是更多的钦佩了。可是不久，一阵更疯狂的讥讽又朝他卷来，斯蒂芬逊再一次成为人们攻击的对象。

邻近一家大矿场装了一台新式的蒸汽机水泵，可是它毛病百出，许多知名的技师都对它束手无策。矿主找到斯蒂芬逊，请他试一试。那个20多

岁的毛头小伙子居然一口应允下来，还点名要许多高级技师当他的助手，人家可个个比他年龄大了一倍都不止呀，恐怕也太狂妄了一点吧！

可是，出乎大家意料，那个乳臭未干的斯蒂芬逊竟然大有来头，他把那些高级技师指挥得头头是道，要老头子们把水泵和蒸汽机全部拆了，清洗干净，又指挥他们一件件地装配起来，哪一个装不上，他便自己动手。三天三夜之后，价格昂贵的新式蒸汽机水泵又正常地工作起来，转动得比刚买来的时候还要好。从此以后，年轻的斯蒂芬逊成了全矿的总机械师。

矿上的人对斯蒂芬逊心悦诚服。因为他脑子里似乎有数不清的发明创造：他为矿工们设计了能防止瓦斯爆炸的安全灯；他替人设计了一种用发条推动的稻草人，用来驱赶可恨的乌鸦；他甚至能让烟囱里冒的热气摇动婴儿的摇篮，使妈妈们从摇篮边解放出来……

可是，人们对斯蒂芬逊的另一个设想却不敢恭维了。他居然想步好多失败者的后尘，去制造一台实用的蒸汽机车，来代替历来都是由马拉的煤车。他的野心也太大了，恐怕只会落得个重蹈覆辙的下场。

本来嘛，有人让蒸汽机车在光滑的铁轨上行驶，铁轨却承受了重压；有人又把铁轨做成带槽齿的，可惜那齿轮做得不精细，机车一开动，整个车子便咣当咣当乱颤，煤装不满，人也受不了。大家都认为蒸汽机车根本没有发展前途，而这个斯蒂芬逊，却偏偏要拣这个破烂玩意儿瞎鼓捣，真是太异想天开了。

和以前几次一样，斯蒂芬逊丝毫不去理会那些风言风语，依然一门心思设计和制造自己的蒸汽机车。他吸收以前那些机车的长处，避免那些机车的缺陷，终于在1814年造出了自己的第一台蒸汽机车。

这台机车带八个车厢，载了30多吨煤，安全地从斯蒂芬逊的家门口驶向码头。第一次试行后，各种各样的指责立即倾盆大雨般朝斯蒂芬逊泼来："怎么？每小时只跑六公里？还没马拉的车快呢！"

"你听它叫得多响，把牛都吓疯了！"

"它烟囱里吐的火，烧焦了树叶，那怎么行？"

反正这铁家伙是个怪物，一无是处。

面对种种指责和非议，斯蒂芬逊却显得十分冷静。他明白自己的机车确实存在好多缺点，但他更相信自己的事业一定会成功，便以坚韧不拔的意志苦心研制新的机车。他设计出一种新的排气管，既提高了蒸汽压力，

又减弱了噪音。他在转轮上引进了连杆，代替那种不精细的、极易损坏的齿转传导设备。每造一台新车，都有许多进步。

终于，世界上第一条货客运铁路造成了，它从斯多克敦出发，终点为达林敦。斯蒂芬逊改进了铁轨，使它能承受更大的压力。

1825年9月27日，清晨八点半，斯蒂芬逊亲自驾着他的"旅行者"号蒸汽机车开出了始发站。

铁路两旁，像节日般聚集了成千上万的观众，两匹快马在前面飞奔，骑手大声叫喊："火车来了，快躲开！"在它们后边，一条钢铁长龙奔驰而来，"旅行者"号机车挂了12节货车车厢，还带了20节旅客车厢，共载乘客600多人。机车最快速度达到了每小时24公里，乘客们只觉得自己像在大地上飞起来一样。

达林敦车站到了，那里有五万人在迎接"无蹄的铁马"，礼炮轰鸣起来，教堂的钟一齐敲响，它们也在向为了事业锲而不舍的铁路之父斯蒂芬逊致敬。人类进入了交通事业的一个新的纪元。

邓录普和自行车

　　世界上第一辆自行车大约是在1817年诞生的。那时的自行车十分简单，既没有链条，也没有轮胎，只有车身和镶着铁箍的两个木头轮子，活像一个木马玩具。没有人喜欢这样的自行车，它虽然速度比步行快了一些，但简直是受罪，骑一趟下来，人累得腰酸腿痛，头也被颠得昏昏沉沉。

　　后来，有人发明了充气轮胎，从而让自行车慢慢成为人们喜欢的代步工具，而且充气轮胎也被运用到许多方面。发明充气轮胎的人叫邓录普，是苏格兰人。

　　邓录普是个医生，平日里除了当医生外，他把休息时间都放在了儿子身上。儿子可以说是他心头上的一块肉。

　　有一回，邓录普和儿子到街上去玩，儿子看到街上有人在骑自行车，感到十分奇怪，便说："爸爸，我也想要辆自行车！"

　　邓录普打心底不愿儿子骑那玩意儿，因为自行车太危险。可是，他经不住儿子的软磨硬缠，便假装着同意了。他本以为过几天儿子就会忘记，可是只要他一下班，儿子就盯在后面要自行车。邓录普这下没办法了，只好在儿子的"押解"下去了商店。

　　邓录普的儿子拿到自行车后别提有多兴奋了。他还不会骑，便推着自行车向前跑，然后问邓录普，什么时候教他骑。后来，他根本没有要邓录普教，而是在别的孩子的带领下，自己学会了自行车。

　　邓录普的儿子有了自行车后，有时玩得连吃饭的时间都忘了。每到这个时候，邓录普都到街头去喊儿子。儿子在铺着鹅卵石的街上跑来跑去。邓录普看见独生子满头大汗的样子，直摇头。

　　有一次儿子骑车摔了一跤，并且把头跌破了。邓录普一边给儿子上药，一边数落着，可儿子只是噘着小嘴，以示抗议。

自从独生子摔伤之后，邓录普脑袋里想的都是那辆自行车，担心再出事。于是，邓录普想到了改进自行车。他知道自行车最危险的莫过于轮子。这种轮子颠得不得了，只要碰到不平坦的地方总是直跳直跳的，车把手难以把握，所以特别容易摔跤。那能不能换一种轮子呢？一时间，邓录普想不出个好办法。

邓录普是个医生，也是一个花卉爱好者。有一天，他在花园里给花浇水，他握着水管，感到了水的流动。有的花需要水多一些，他就多浇一些；有的花需要水少一点，他就捏着管子，让水流变得细一些。

这时，儿子推着自行车从他身边经过，喊道："爸爸，我出去骑车了！"

邓录普扭过头，叮嘱儿子小心点，可就在他扭头的时候，手中的那根管子掉了下来，溅得他满身都是水。凉水让邓录普打了个激灵，他忽然想到，如果把这灌满了水的橡胶管安到自行车的轮子上去，自行车就有了弹性，不像铁轮箍那样震动，骑起来一定会舒服得多。

要把设想变成现实，需要付出艰苦的劳动。邓录普想到就干，经过多次试验和失败，终于用浇花的橡胶管制成了世界上最早的轮胎。他把充水轮胎安到自行车上，然后也开始骑自行车了。邓录普骑着自行车在街上转了一圈，不小心让一颗钉子把轮胎给扎破了，他只好推着自行车回家。

邓录普的充水轮胎存在许多缺点：一是骑的时候非常不方便，容易破；二是注水困难，而且不易饱满；三是增加了自行车的重量，骑起来更难了。

水注轮胎没成功，但邓录普没灰心。他又考虑到，如果不用水，换另外一种东西或许能行，于是他想到了气体。

邓录普又设计出用气体代替水的方案，经过多次试验，终于如愿以偿。从此以后，自行车以它的轻便、灵巧深得人们的喜欢。

邓录普发明的充气轮胎不仅用在自行车上，后人又把它应用于各种交通工具，使人类生活发生了巨大变化。

父子发明口香糖

不管是大人还是小孩，都喜欢嚼口香糖。这种糖是用人心果树分泌的胶质和香料制成的，不可吞下，但是可以在嘴里嚼很长的时间。

口香糖最早起源于美洲。那时，美洲的土著居民常把云杉树的汁液收集起来，晾干成块后，含在嘴里吃，或者嚼一种名叫人心果树的树胶，这就是最原始的"口香糖"。这种口香糖只有植物本身的味道，并不香，也不甜。

真正发明口香糖的是英国人托马斯·亚当斯和他的儿子霍雷肖。那时，父子俩在墨西哥买下了一片橡胶园，他们原想在橡胶上大发一笔财，或者做出一些成绩来，但几年下来，橡胶园并没给他们带来什么好处。

1852年的一天，亚当斯家里来了一位名叫桑塔·安纳的人。此人对橡胶研究很有兴趣，他找亚当斯是想和他一起从事橡胶研究。

桑塔·安纳知道亚当斯有个调皮的儿子，便带来了一包人心果树胶，说是要送给他的儿子做礼物。霍雷肖接过人心果树胶，左瞅瞅左瞧瞧，不知道这是干什么的。

桑塔·安纳笑了，他取出一块人心果树胶，往嘴里一丢，大声说："瞧，就像我这样，使劲地嚼！"

霍雷肖学着客人的样子，把一块人心果树胶也丢进了嘴里。霍雷肖嚼了半天，也没嚼出个味道来，于是他把人心果树胶给吐了出来，不高兴地说："一点也不好吃！"

霍雷肖的样子把父亲和客人都逗乐了。

这时，霍雷肖又一本正经地说："要是在里面加一点糖或者什么巧克力，说不准就有嚼头了！"

桑塔·安纳和亚当斯谈了半天，没什么结果，于是，他便起身告辞了。客人走后，亚当斯把剩下的人心果树胶扔进了杂物堆。

又是好多天过去了，亚当斯的橡胶园里还是不见什么起色。可这时，他的儿子霍雷肖却病倒了，亚当斯请了医生来看，医生给霍雷肖开了一些药，让亚当斯去药店买药。

亚当斯急冲冲地赶往药店，当他买好药后，却看见一个小女孩正买一块石蜡，然后她把石蜡放在嘴里，不停地嚼来嚼去。

亚当斯忽然记起了上次来他家的桑塔·安纳，心中不由得为之一动，他想如果用人心果树胶制成一种口香糖，不是比石蜡更受人喜欢吗？

回到家中，他给霍雷肖吃了药后，便把自己的想法告诉了儿子。霍雷肖一听兴奋起来，病也好像好了一半。

几天后，霍雷肖的病好了，亚当斯由于太忙，也忘了对霍雷肖讲过的话了。霍雷肖可不高兴了，他拉着爸爸的衣服，说："爸爸，你上次不是答应我，要和我一起做那个能嚼的东西吗？"

他这才想起对儿子讲过的话，便让霍雷肖去杂物堆里找来那包人心果树胶。于是，两人埋头试制起口香糖来。

亚当斯问儿子，他最喜欢吃什么味道。霍雷肖睁大眼睛想了半天，说："甜的！"

亚当斯笑了，于是他们往人心果树胶里掺了一些糖水，然后，再把树胶和糖水搅好，晾干。再给霍雷肖尝尝，直到霍雷肖满意为止。

父子俩果真弄出了一种挺好吃的口香糖，他们送了一些给邻居们，邻居们都觉得不错。这时亚当斯心想，既然大家都挺喜欢的，为什么不生产出来，推到市场上呢？于是，亚当斯做出了很多口香糖。

父子俩用人心果生产出来的口香糖上市后，竟供不应求。但父子俩并不满足于初步的成功，又开始了进一步的研究。不久，他们又在树胶中添加了各种香料，研制出种种不同香型的口香糖。

从此，口香糖受到亿万人的喜欢，风靡了全世界。亚当斯和他的儿子也赚了不少钱。

利斯特和外科消毒法

　　刚过而立之年，约瑟夫·利斯特就在英国格拉斯哥皇家医院担任了外科医生。这位伦敦大学的优秀毕业生踌躇满志地打算干出一番事业，用自己的手术刀替病人们解除痛苦。

　　他负责的外科大楼刚刚建成，无论外观，还是病房内的设施都是当时最先进的，医疗的效果当然应该是第一流的。但是，利斯特迅速发现，这里的病员，术后死亡的比率出奇地高，严重的术后感染、坏疽等凶险的症状，常常夺去病人的生命。

　　利斯特立即行动起来，他要求护士尽力保持病房的清洁，这对一处新建的病房不会太困难，利斯特很快就做到了这一点。但是，事实并不像利斯特预计的那么好。病人开过刀，还是发生术后的并发症，死亡率依旧居高不下。劳而无功的结果，让利斯特感到万分沮丧。

　　经验丰富的同行们纷纷劝慰利斯特："一切都不必看得太重。有些事不是人的力量可以挽回的，医院一带，瘴气弥漫，引起术后感染，我们当外科医生的又怎能负责？除非把医院搬到空气清新的地方去，否则，再建十个新外科大楼也是白搭。"

　　科学是来不得半点虚假的，绝不能靠想象、估计解决问题，必须用事实说话，用事实来证明自己的观点。利斯特觉得，为了寻找造成术后死亡的原因，必须从病人做手术前后的每一种措施中去寻找，包括同仁们所说的那种所谓"瘴气"。只有找出了致病的原因，才有可能对症采取预防的办法。

　　利斯特一步一步地做着探索，这种摸索是艰难的。他自己学过的知识虽然几乎包含了当时外科手术所有的内容，但造成病人死亡的原因恰恰在自己已掌握知识之外，他只得博览群书，千方百计搜集最新的发现，希望能够从中得到启发。

到1865年，他终于读到了巴斯德的论文。这位法国同行阐述了一种叫细菌的微生物，认为细菌是各种疾病的根源，在巴斯德观察到的种种细菌中，就有造成炭疽的有害微生物。巴斯德提供的充分证据使利斯特信服，并且觉得只要从消灭可能造成感染的细菌入手，一定能够解决外科手术中存在的问题。

既然先哲们曾经指出过"病从口入"，那么利斯特防止感染的第一步，就该是在细菌进入伤口之前就把它杀死。利斯特选择了碳酸作为杀菌剂，他给手术室制订了一套严格的杀菌程序。所有的手术器械，所用的纱布，病人可能接触到的家具，都必须用碳酸多次消毒，务必做到完全洁净。手术前，医生和护士的衣物也要严格消毒杀菌，开刀医生的双手要多遍洗净消毒。这样做了，医生和护士就不会因为自身的原因伤害到病人。

从术后到痊愈，病人还必须在病房中度过，病人还有可能从空气中重新受到感染。利斯特又制订了病房的灭菌制度，护士们必须每天在手术后病人居住的房间里喷洒碳酸溶液，尽管碳酸带有轻微的令人不愉快的气味，但它能给病人带来安全和健康。

当然，和所有新的发现一样，利斯特的严格消毒程序并没有一下子被英国医学界承认。当时，他已被任命为爱丁堡大学医院的临床外科主任，他坚持执行自己的程序。任职七年中，这家医院的外科成为全国最出色的外科单位，利斯特美名四播，被请至伦敦皇家医院担任临床外科主任，还兼任维多利亚女王的外科御医。

利斯特为了推广自己的消毒程序，在伦敦把外科消毒法公之于众，并亲自做了程序的公开展示，在医学界引起了巨大的反响。越来越多的英国医院在临床外科病房推广了他的消毒程序，英国的外科术后感染率很快下降，许多病人得以存活。

医学是没有国界的。利斯特为了推广自己的成功经验，先后到过德国，又渡海来到美国举办讲座，介绍自己的观点和方法。消毒程序开始越出英国国界，被更多的外科医生接受，成为所有外科病区必须遵循的原则。而利斯特也因为自己给外科带来革命性变革的理论和方法，成为英国皇家学会主席。

歪打正着的试验

第一次世界大战爆发了。英国、法国在西线跟德国对峙，很快地进入了"西线无战事"的相持状态。仗，就是这样一拖半年多，简直不知道何时是个尽头。

世界大战变成这样，作战双方都是始料不及的，许多奇奇怪怪的问题接踵而来。且不说官兵们的心理承受能力，军纪的松弛，越来越庞大的机构和给养，就是士兵们赖以作战杀敌的武器，也问题丛生。

当时，英国兵工厂生产的枪炮。使用的钢铁本来质量就不高，很容易生锈。不打仗的时候，涂上牛油，还没多大问题；仗打得激烈，子弹经常发射，士兵们要用枪保卫自己，锈也不容易产生；现在，枪几乎成为战壕里的摆设，士兵们懒得去擦拭，时间一长枪膛里就要长上一层锈，损坏得比打仗时更快。

英国国防部觉得，无论如何要迅速改变制造枪炮的原料质量低劣的状况。他们找到国内著名的金属专家哈里·布诺雷，要他尽快冶炼出合适的金属，解决枪管、枪膛生锈斑这一令人头痛的问题。

按照通常的冶炼程序，布诺雷要在理论上进行必要的探讨，定出计划；然后在实验室里用坩埚进行试验；取得结果以后，再去炼钢厂实地操作；炼出了合乎设计标准的样品，还要作种种分析，最后才能投入试生产。

这样按部就班地去做，没有三年四载是不成的。到那时候，战争大约早已结束。现在是战争时期，布诺雷只得直接去冶炼厂，边试验，边制造，炼出钢来立即造枪，成不成让实际运用去检验。

要炼出既耐磨，又不易生锈的钢材，只有一种办法最便捷，那就是在冶炼时投入各种不同的有色金属，并不断改变它们的比例。加入耐磨的有色金属，再加入不易生锈的有色金属，只要加入的比例恰当，就能达到预

定的要求。

于是，布诺雷简直变成了魔法师，开出一张张变戏法一般的投料清单，做了无数次的试验，造出一支支实验用的枪支拿去试验。可惜那些枪支总是不合格，都进了它们的坟墓——冶炼厂的废铁堆。

这一天，布诺雷又让工人在冶炼时投入了当时十分贵重的有色金属铬。工人们倒是十分卖力，从冶炼开始到枪械造成没花多少时日。新枪造出来了，外观十分漂亮，闪闪发光的银白色，预示它大约不至于很快便生锈。

可是，一上射击场，新金属立刻暴露出致命的弱点。这种材料太脆，第一次射击，子弹还没出膛，枪管便炸裂了，幸亏防护设备良好，才没伤人。

布诺雷大失所望，他捡起破裂的枪管，心里默默算着这是第几次失败了，接着摇了摇脑袋，随手把它扔进了该去的地方。

过了几天，英伦三岛恼人的阴雨终于暂停了，太阳从云层中露出了脸。布诺雷匆匆经过厂里的废铁堆，突然被一束光线射花了双眼。他回头一看，是一支破裂的枪管反射出太阳光。整堆废铁，都因为连日的阴雨，锈得不成样子了，惟独那支添加了铬的枪管依然熠熠生辉，一点儿生锈的样子也没有。

"中看不中用"，布诺雷给了它一个评价，拔起腿就要离开。刚走了几步，他突然又停了下来。金属专家的积习又抬了头。不错，现在的主要任务是造枪，这东西派不上用场。但它确实还有自身的优点，能附带冶炼出不会生锈的铁也成，至少是一种副产品。

布诺雷又回到废铁堆前，小心捡起了那根含铬的废铁，把它带回了实验室。他这突然触发的灵感，竟促成了一种新型钢材的诞生。

回到实验室，他让助手对枪管做了成分分析，确定它的含铬量和含碳量，又对它做了锈蚀的试验。实验的结果表明，这种合金钢在任何条件下，都不会生锈，潮湿、酸碱无损它闪闪发光的表面，多漂亮的金属！布诺雷不禁又惊又喜，给了它一个名字：不锈钢。

布诺雷明白，现在要奢谈自己这种合金钢广泛的前景，实在不是现实的想法。正打着仗呢，它又不能造枪造炮。但是，好不容易歪打正着，发明了这东西，也总该替它找一个出路，让它扬扬名声。

　　布诺雷想到了不锈钢的第一个顾客。他把这种钢的配方介绍给一家餐具公司。那家公司早就在布诺雷面前抱怨过多次，盛汤盛菜的器皿，餐桌上铁制的餐具太容易生锈了，简直让就餐的人们恶心。

　　不久，餐具公司使用不锈钢造出了第一批刀、叉、盘、碟，放上餐桌，大受顾客欢迎。好多家庭闻风而动，纷纷抢购这种像银餐具一般美丽、又不必经常擦拭、价格又大大低于珍贵的银餐具的新产品。

　　不锈钢的名声从此大振，完全超过了不久以后布诺雷试制出的优质的、制造枪炮的合金钢。不锈钢的用途也逐渐超出餐桌，成为化学工业、食品工业和其他行业的骄子。布诺雷也因为首先冶炼出不锈钢，被称为"不锈钢之父"。

打猎的意外收获

自从原始人类为了御寒，把兽皮剥下来披到自己身上起，第一件衣服便诞生了，为了让衣服贴紧身子，原始人大约会扯一根藤束在腰间，再打上一个结。

这样做恐怕实在是麻烦。好在人们在不断的实践中总会有新的创造。纽扣，便是从发明以来一直使用到今天的小玩意儿。贝壳制的、木制的、金属制的，后来又有用布制的、用植物纤维编的，等等。大大小小，形体各异，成了一种装饰品。纽扣成为代替绳子的先进用具。

到了19世纪末20世纪初，科学家们用了几十年时间，发明了拉链。它可比纽扣方便多了。但是最方便的莫过于我们称之为"刺毛皮"的新式扣子。两块不同的"刺毛皮"，只要贴在一起轻轻一按，寻常的气力便不能把它分开，不仅衣服上，窗帘、椅套、医疗器械，甚至拳击手套，都有它发挥作用之处。

这种新颖、便捷的新式纽扣，谁也不会想到是在一次失败的打猎活动中被发明出来的。它的发明者，是瑞士资深的发明家乔治·德梅斯特拉尔。

那是1948年的秋天。乔治突然猎兴大发，一大早便带了猎犬出了门。这天，天气特别好，山沟里荡漾着一层淡淡的雾，散发着针叶林木特有的清香。不久，太阳升起在树顶，雾消散了，远远近近一片碧绿，更让人感到说不出的舒畅。

可惜的是，乔治的打猎经验太不高明。那头猎犬因为过惯了食来张口的舒适生活，只懂得在主人身前身后活蹦乱跳，忘记了自己应尽的职责。

直到中午的时候，乔治才好不容易远远看到一只野兔在惊慌地逃窜。他举起猎枪，略一瞄准便扣动了扳机。真可惜，野兔没被击中，三窜两窜，穿过一丛灌木不见了。

猎狗却似乎被枪声激发了本能的野性，它"汪"的一声嗥叫，箭一般跟着野兔钻进了灌木丛。乔治也紧紧跟在后面，侧着身子，拨开矮小的灌木，穿行到另一块林中空地上。

乔治再向四周一打量，哪里还有野兔的踪影？那头猎犬大约也丢失了野物的气味，奇怪地在原地打着转，好像在追逐自己的尾巴。还不时伸嘴到身上咬一口，紧接着发出一声短促的叫声。

乔治走了一上午，肚子饿了，便打算在这里野餐。他刚在一块石头上坐下，就觉得屁股上一阵刺痛。站起来一瞧，石头上没什么尖利的东西，倒是自己那羊毛织的猎装裤上，挂着许多牛蒡子。大约是穿过灌木时，附生的牛蒡草缠住了裤子，送了他这么多圆圆的、带刺的果实。

这时候，他才理解了自己的猎狗刚才跳那段奇怪舞蹈的原因，猎犬比乔治更惨，钻过灌木丛时，身上挂满了牛蒡子。它想把它们咬下来，嘴唇和舌头却扎得生疼生疼，现在只能一边晃着身体，一边用可怜的眼光瞧着主人，希望乔治帮帮忙。

这忙，可真帮不过来，牛蒡子扎在狗身上，扎在乔治裤子上，赖在新居所偏不肯离开。十分钟一过，乔治根本丧失了就地解决问题的信心。别说猎狗满背的异物，自己裤腿上那些，一时也摘不尽。他懊恼得连猎也不想再打了，唤起猎犬，一同回了家。

真遭罪啦，整整一个下午，忙着从自己裤腿上，从狗身上摘牛蒡子吧。乔治摘了一个小时，牛蒡子摘了大半，一肚子的恼火平息下来，好奇心却渐渐升起来。

这种植物种子怎么会有这么大的附着力？乔治一不做、二不休，索性放下手里的活，摘了颗牛蒡子，放到显微镜下，仔细地观察起来。

噢，牛蒡子那圆圆的颗粒四周，居然长着一层又尖锐又弯曲的小钩，不管哪一方位，只要碰上有纤维的东西，那些钩子立刻扎牢了纤维表面，不拉断纤维，它便不会脱落。牛蒡子就靠这种小钩，让动物带着它作生命旅程的第一次出游呢。

乔治正摇着脑袋叹气，突然，发明家的灵感猛然从胸中升起，如果能造出像牛蒡子小钩一般的东西，去跟纤维相碰，不就立刻粘在一起了吗？这可比所有的纽扣和拉链都方便呀！多花点气力当然就可以把它们拉开，但要粘上也方便得很。

发明家必须抓住灵感，说干就干，乔治就是这样的人。从这天以后，他全身心地投入了新发明的研究之中。半年以后，这种被他称为"纬格罗"的玩意儿终于诞生了。

乔治在一块布料上，织上许多小钩一样的毛刺；在另一块布料上，把表面刮成一团又一团又韧又密的纤维层。只要两块布稍稍一碰，小钩立刻紧紧地钩牢了纤维，比扣子或者拉链方便多了。当时已经成熟的尼龙织物，成为这种新发明最好的原料。

乔治·德梅斯特拉尔替自己打猎时的意外收获申请了专利，并推荐给各行各业。不久，这种实用性特别强的小发明，就出现在许许多多商品身上。

协作精神

千百年来，人类跟细菌作着生死的斗争。细菌的感染，吞噬着无数人的生命。到了20世纪，人们虽然发明了磺胺类药物，但对于凶险的细菌感染，还是束手无策。人们盼望着发明一种高效的药物，能够战胜各种细菌，让细菌感染的病人转危为安。

科学家们的努力，到1928年9月的一天，在一次偶然的"事故"中，得到了突破。这一天早上，英国的细菌学家弗莱明像往常一样，来到自己的实验室。他发现，昨天他培养的那些葡萄球菌的器皿少了几个。今天还想拿它来实验呢，这些实验对象哪儿去啦？

弗莱明的助手不好意思地告诉他，那些葡萄球菌被杂菌感染了，已经没法实验，所以已放在了一边，等会儿洗器皿的时候，一定会很好处理的。说着助手取出已经收在柜里的器皿，想立即把那里边的废液倒掉。

"且慢，"弗莱明突然灵机一动，"我正要寻找能杀灭葡萄球菌的药物，是什么杂菌居然能感染了它，使它不能做实验了呢？"他仔细观察了一下报废的器皿，只见葡萄球菌的培养液基上，长出了一团青色的霉菌菌花，在菌花的周围，原先繁殖葡萄球菌的区域出现了一圈空白。弗莱明连忙把它制成玻璃片，放到显微镜下观察。

弗莱明只看了一眼便立刻发觉，培养基里原来繁殖得很多的葡萄球菌，居然都已被消灭。他估计，是那些青色的霉菌在自身繁殖过程中分泌出一种液体，是这种分泌物杀死了与人类为敌千百年的葡萄球菌。

弗莱明十分兴奋，他放下了手里的其他一切实验，开始培养那些青色的霉菌。然后，把这些霉菌的分泌物滴进其他病菌的培养器皿中。和他偶然发现的现象相同，那些病菌一一被杀灭了。弗莱明终于用自己的实验证明，他已经发现了杀灭病菌最强大的武器，他把这种有无限希望的分泌物称作"青霉素"。

弗莱明发现青霉素后，好多人劝他赶快去申请专利，有了专利权，他便可以占有巨大的财富，这也是对他不懈努力的回报。可是，弗莱明却不这样认为，他说："个人和家庭的财富跟千百万人的幸福和生命怎能相比？我只不过在一个偶然的机遇中发现了青霉素，发现是一回事，用它造福人类又是另一回事。况且，把青霉分泌物中含量极少的有效成分提炼出来并不是我的长处，这工作需要经过许许多多人的共同努力。"他毅然在英国皇家《实验病理季刊》上公开了自己的发现，并申明希望有人能继续自己的研究，制造出能造福人类的临床应用的药用"青霉素"来。

弗莱明的发明和他不为名利的精神感动了许多科学家。英国籍的澳大利亚人霍德华·弗洛里是位病理学家，他看到《实验病理季刊》上登出的论文后，立即决定应弗莱明的公开邀请，完成青霉素药物化的艰巨任务。为了同一个目标，他愿意成为弗莱明的协作者。

应该说，弗洛里要干的工作不会有弗莱明那种发明家的荣誉，而且要比发明更艰难。他跟才华出众的化学家钱恩合作，系统地研究培养青霉菌和提纯青霉素的工作。

提纯青霉素的研究工作确实不易，弗洛里组织了一批热心的科学工作者，共同攻关。有人专门负责培养青霉菌，有人负责从滤液中提取青霉素，还要有人专门测定提取物的含量。培养液里的青霉素含量是非常低的，他们必须处理几千公斤的滤液，才能提炼出一点点青霉素。每天，他们都得洗刷几百个大玻璃瓶，在大量的培养液中接种、过滤、分离、干燥，工作又单调，又紧张。可是，弗洛里和钱恩还是密切合作，逐步取得了初期的青霉素制剂。

直到四年之后，弗洛里才得到了足够进行一次临床试验的青霉素制剂。他选择了一位已处于休克状态的患者，这位警察患者被证实患了败血症，所有的磺胺类药物都已试过，却不见好转。弗洛里给他注射了青霉素制剂，病人在24小时后终于清醒过来，主动提出要吃东西。青霉素的效用充分体现了出来，这使弗洛里等人十分兴奋，艰苦的工作终于显出了成效。可惜的是弗洛里等人能用于临床的青霉素太少了，这位警察在用了六天的药之后，终于因为不能继续注射青霉素，败血症复发而死亡。

现在，摆在弗洛里等人面前的问题是如何大量生产出青霉素，没有足够的剂量，还不能根治由于细菌感染引起的恶疾。他们试过土壤培养，试

过发霉的食品，试过垃圾箱里被抛弃的西瓜皮，终于找到了优良高产的菌种。

接着，他们把试验基地移到了比较安定的美国，在那里，没有战争的干扰。在许多次实验之后，他们终于实验成功，利用玉米汁作培养基，在24摄氏度的温度下，优良的菌种能分泌出最高产的青霉素原液。

新的设备一个接一个设计并制造出来，从配液、接种、分离、干燥，形成了大规模的生产流水线，一批批结晶的青霉素制造出来。它们的第一个任务，就是解救在反法西战争中因受伤而被细菌感染的战士。假如没有青霉素，第二次世界大战中死亡人数将会大大增加。所以，人们把青霉素跟原子弹并列，称它为第二次世界大战中三大发明之一。当人们赞颂青霉素的发明时，千万别忘了弗莱明、弗洛里和钱恩等人共同协作的高尚品质。

诺贝尔和炸药

　　饱经沧桑的瑞典机械师老诺贝尔正处在令人尴尬的十字路口，令他忧心忡忡的，是他钟爱的儿子爱弗雷·诺贝尔。为了培养这位天赋极高的孩子，老诺贝尔费尽心机，两年前把他送到美国，到设备先进的机械厂当学徒，满以为经过深造，儿子会继承自己的事业，成为一位著名的机械师。可是，见了世面的小诺贝尔不但没有对机械产生兴趣，回到瑞典，却一头扎进实验室，继续搞他的新式炸药了。

　　要老诺贝尔放弃自己玩了一辈子的机械，跟着儿子去搞既陌生又危险的新式炸药，确实不是件容易的抉择。但是，诺贝尔通过跟自己的父亲和弟弟讲述了第一次萌生制造新式炸药念头的经过来劝服他们。那还是在俄国承包筑路工程的时候，爱弗雷·诺贝尔虽然只有15岁，但看到工人们在荒山野岭用铁锤一下一下地砸石头，实在是太辛苦了，你想，要这样在大山里砸开一条公路或铁路来，得花费多么艰苦的劳动呀！

　　就在那时，诺贝尔想到，一定要发明一种东西，能一下子把大山劈开。他到处学习，看到炸药确实有巨大的力量。但是，那时候使用的炸药，还是从东方传来的黑色火药，爆炸力太小，无法掀开坚硬的岩石。为了解除工人的辛劳，诺贝尔一定要创造出高效的炸药来。他的一番话，感动了父亲，于是，父子三人一同投入了新式炸药的试制工作。

　　诺贝尔一家齐上阵，试验果然取得了进展。经过几年的努力，诺贝尔父子三人果然发明了一种威力强大的炸药，这种炸药的主要成分是甘油，因此制成的炸药也是液态的，人们称它为"诺贝尔爆发油"。新式炸药立即风行世界，成为建筑、筑路行业不可缺少的材料。

　　可是，这种液体炸药有一个致命的弱点，它极难运输，在运输过程中受到震动，就会爆炸，那可是一场天翻地覆般的大灾难哪！所以当"欧罗巴"号在大西洋上遇上风暴，颠簸中引起炸药爆炸，全船迅速沉没在万丈

深渊后，全世界一致声讨起诺贝尔来。

诺贝尔又何尝不想让自己的爆发油变得安全起来呢。为了寻找能吸附液体炸药的材料，他试过了许多方法，用棉花吸收甘油炸药，然后小心地把它压成薄片，运输起来恐怕就会免受震动，就不会有引起爆炸的危险了吧。

试验是十分危险的。1864年9月3日，正当试验在顺利进行的时候，也不知道是不是压力太大的缘故，一场灾难突然降临。"轰"的一声巨响，诺贝尔实验室顿时化为一片瓦砾，在场的六名试验人员五名当场流血，其中一名便是诺贝尔的弟弟，他们的老父亲也身受重伤，从此半身不遂，落得个终身残疾。只有诺贝尔本人不在现场，侥幸地躲过了灾祸。

没炸死的诺贝尔伤心地安葬了志同道合的弟弟，安排好父亲的生活，又顶着重重困难，继续投入安全火药的试制工作。各种各样的嘲讽朝他涌来，他却全然不顾。现在，不仅是为了事业，更重要的是要用试验的成功，安慰死者的在天之灵。也只有让事业成功，才对得起从此无法动弹的父亲。

诺贝尔实验室被炸毁后，再也没人肯向他提供实验场所，就连当地的政府，也向诺贝尔发出公函，要他立即停止试验，否则将追究他的法律责任。诺贝尔感到了雪上加霜的沉重压力，但任何压力都阻止不了他继续试验的坚强决心。诺贝尔出资租了一艘大船，把实验器具搬到船上，让船开到首都附近的马拉伦湖上，坚持在船上进行试验。这样试验，就不会影响别人的安全了。整整四年，诺贝尔就住在船上，他决定，试验不成功不离开。

经过几百次失败，诺贝尔终于找到了液体炸药的吸附材料。他把液体吸入一种硅土里，这样，即使遇到一定的温度，经受一定程度的摩擦或震动，炸药也不会轻易爆炸。这种炸药是黄色的，它便是能够安全运输的固体炸药，被称作"黄色炸药"。

为了让炸药按要求的时间爆炸，诺贝尔又发明了第一个引爆装置——雷管。这一天，诺贝尔在实验室里，独自一人点燃了雷管的导火索，火星沿着导火索缓缓蔓延，诺贝尔不顾一切地瞅着时间，一秒又一秒，近了，火星直往火药块燃去。

突然，一阵惊天动地的轰鸣在实验室响起，窗户里涌出一阵浓烟。

"糟了，诺贝尔完了！"人们慌忙赶往实验室。只看到一个满身鲜血的中年人手舞足蹈地从实验室飞奔而出，大声地喊着："我成功了！我成功了！"由于诺贝尔精确计算了那块炸药的威力，实验室安然无恙，他自己却被飞溅的仪器炸得鲜血淋漓。

诺贝尔凭着顽强的意志，历经千难万险，终于实现了自己的理想。但他觉得，自己的事业是永远没有尽头的，在以后的日子里，他又发明了威力更大的胶质炸药，还在1887年制成了不冒浓烟的无烟炸药。这种炸药一直用到现在，成为改造自然的有力武器。

无毒涂料

　　荷兰鹿特丹的海洋生物研究所，有一个以奈特福博士为首的研究室，它以发明海轮涂料闻名于世。他们制造的Ｔ·Ｂ·Ｔ涂料曾经风靡全球，但这些日子来，奈特福博士忧心忡忡，他们的涂料正遭到围攻，仿佛他本人成了危害世界、危害人类前途的罪魁祸首。这使奈特福觉得冤屈之至，无论如何没法接受。

　　海洋是人类和一切生物的摇篮，也是现代文明的发祥地。荷兰作为历史悠久的航海国家，对航海事业作出过巨大的贡献。十年前，奈福特博士的涂料便被称为其中一项。因为从古老的帆船到近代的铁舰，都会遇到一种危害极大的敌人，那就是与船共生的贝壳类生物。这种古老的生物从幼体开始就附着到船底，分泌出一种黏性极强的液体，把自己牢牢地贴在船壳上，这种贝壳越黏越多，就像给海船穿了一身厚厚的盔甲。

　　沉重的贝壳层损坏了船体，增大了重量，加大了航行的阻力。铲去一层，不久又会长上一层，船始终无法消除贝壳的侵害，无论人们如何抹桐油、涂漆，贝壳照旧生长。至高无上的生物人类，拿低等的生物贝壳毫无办法。

　　最后是奈特福博士彻底改变了这种无奈的状况。他的Ｔ·Ｂ·Ｔ涂料，含有使贝壳类生物致命的毒素，即使是浸在海水里，也不易变质。贝壳吸附到涂有这种涂料的船体上，不久就会因中毒死去，船壳上便不会再有一层厚厚的贝壳，船行速度也快起来。

　　Ｔ·Ｂ·Ｔ一问世，世上许多人便趋之若鹜，各种各样的同类产品一下子冒了出来。这种涂料本身便是毒性很强的，它不仅毒死了贝类，也会溶入海水，毒死其他海生动物。而那些仿冒的涂料，更是越造越毒，他们以为只要能毒死贝类便行，从而造成海轮集中的海港地区的水质越来越差，无辜的贝类生物、其他鱼类，统统被一网打尽，海港慢慢变成了死港。

　　真是物极必反，Ｔ·Ｂ·Ｔ变成了众矢之的。连那些热衷于仿冒奈特福涂料的人，现在也居然"反戈一击"，呼吁禁止一切有毒的涂料上船，真

让奈特福哭笑不得，难道这世界只相信"墙倒众人推"吗？

虽然奈特福对这种结果十分不满，但对科学问题却从来不肯马虎的。事实上，自己发明那种涂料确实走错了路，只想毒死贝类，却没有顾及海洋中其他生物，忘记了生态平衡，这样下去当然是不行的。但是，奈特福也绝不是一条道走到黑，不肯回头的人。看到自己的错误，并且找出正确的道路，才是真正能坚持真理。奈特福决定另辟蹊径，寻找既能阻止贝类危及航船，又不危及环境的良方。

奈特福博士太熟悉海洋生物了，他知道贝类动物在海洋里已经生活好几亿年了。当地球上还没有人类，更没有海轮的时候，他们也会吸附在浅海的岩石上，靠吃海中的微生物为生。当然，海轮的出现，使它们能够周游四海，而那些港口，那些海轮经过的海面，微生物比它们原来生长的区域丰富得多，它们这才强占了新的地盘，甘愿当一名漂流四海的游客，才会给人类带来这么多麻烦。

奈特福更知道，在贝壳类生物繁衍的浅海地区，并不是所有岩区都能够供它们生长的，有些地方就未曾出现这种生物。是什么原因使贝壳类生物远离这些地区的呢？如果能找到这些地区，并寻找出不适合贝壳生长的原因，就能仿照自然规则，制造出抗贝壳生长的涂料来，它绝不会妨碍其他生物，那不就能达到自己追求的终极目标了吗？

奈福特带领同事们对广阔的浅海地区进行了大范围的搜索，终于在澳洲东岸的大堡礁地区找到了典型的非贝壳类活动区域。这块年轻又温暖的海区，各种生物熙熙攘攘地共生着，至少有几千万年了，但在海绵类生物生长的大块大块珊瑚礁海岩上，却找不到黏附着的贝壳。具有保存自己生存绝招的海绵类生物，不让贝壳影响自己的生活区，生物界就是如此相生相克。

看到了希望并不等于成功，奈特福真正感到了责任和追求精神的重要。他和同事们对海绵的生态和分泌物做了仔细的分析，发现了一种对贝壳生物有极强麻醉作用的物质。它虽然不会使海洋生物死亡，但对贝壳却能产生驱赶作用，贝壳感受到这种物质，便不敢黏附在附近的岩石上，远远地离开了海绵类生物赖以生存的浅海岩区。

一种新的涂料终于产生了，它不会毒死任何一种海洋生物，不会对海水产生污染，却能很有效地防止贝壳黏附在船体上面。这种"无毒"涂料会给航海事业带来广阔的前景，它本身便是千万年进化的产物，因此能跟大自然和谐地相处，不会破坏自然环境。

元素周期表

27岁的时候，门捷列夫不仅完成了他的学业，而且在化学的研究上崭露头角，化学界终于升起了一颗新星。不只是他就读的德国海德堡大学，德国的其他著名研究单位也都看上了这位年轻的俄国学者，他们纷纷向门捷列夫提出邀请，要他到自己的单位工作，同时列出了种种优厚的条件。但是，门捷列夫总是这样回答他们："我十分感谢德国的同行，他们为我提供了我们国内还没有的学习和实验的条件，使我得以完成自己的学业。现在我该把自己学到的知识奉献给自己的祖国了，我相信，不久我们俄国也会有像你们一样的学习条件的，我们的青年就不必千里迢迢来国外学习了。"

回到彼得堡大学，门捷列夫一头扎进教学工作。为了俄罗斯，为了俄罗斯的化学事业，他要培养出更多的年轻学者来。他的第一个任务，就是赶快替学生们编写出一本系统的化学教材。彼得堡大学的原教材实在是太陈旧了，不能反映当今世界的最新成果，用这种教材教育学生，永远只会在别人后边踏步。

这本名为《化学原理》的教材看来并不难写，门捷列夫估计当下一个学年开始时，新入学的学生便可以用上它了。可是，当他写完第一卷，开始编纂第二卷"化学元素的描述"时，却遇上了意想不到的麻烦。

当时，对化学元素的研究已有了长足的进步，64种已知元素的内部结构已经被揭示出来。门捷列夫隐隐觉得，这些已知元素本身有一种客观存在的序列，自己的讲义应该正确反映出这种科学规律。反正不能胡乱对学生介绍一通，也不能像以前的教科书那样，简单地按各元素发现时间的先后，或者它们在自然界含量的多少来排列，门捷列夫决不希望自己在课堂上开杂货铺。

初看起来，要完成这样的序列并不困难，但一旦做起来却十分困难。

64种元素无论怎么排，总无法找到它们之间的规律。新学年开始了，可门捷列夫还不能找到第二卷的门径，他只能一边按旧的教材上课，一边向学生们陈述自己的看法，同时加紧进行自己的研究。

每一天的课后，门捷列夫总是把记载着64种元素特征的卡片摊开在工作台上，像排扑克牌般排了又拆，拆了又排。他的工作时间之长历来是惊人的，每天清晨去授课，下课后一直工作到下午5点，稍稍吃点东西，又从下午6点工作到深夜。就是这样，他也始终无法解决自己追求的元素序列之谜。

又一年过去了，门捷列夫的努力还没有成功。好几次，他几乎想放弃这一延续了两载、希望仍然十分渺茫的恼人的工作。但是，当初老母亲临终前的嘱咐，又一次在耳边响起。那时他才16岁，母亲积劳成疾，自知不久于人世，她告诫门捷列夫："孩子，千万要记住，任何时候都不能欺骗自己，要辛勤劳动，不要花言巧语，要尽自己毕生的精力，耐心地寻求科学真理……"这些嘱托曾经一次次给了门捷列夫无穷的力量，今天又似警钟般在耳边敲响。现在，自己已经站在科学真理的大门口，怎么能功亏一篑，让自己，也使自己的学生跟科学真理擦肩而过？

一年又过去了，为了元素的排列，门捷列夫足足忙了三个年头，他的兴趣丝毫不减，64张卡片早已换过两遍，这一套也已经摆弄烂了。但还有那么三四张，无法跟自己设想的规律吻合。行百里者半九十，最后的关头，是最有希望的时候，也往往是最困难的时刻。

为了突破这最后一关，门捷列夫把自己关在工作室里，一连三天三夜没出门一步，除了给他送吃的来，他不让任何人进门。无数种设想从他脑际飞过，又一次次被推翻，有三四处总无法顺利排入那张表格。

门捷列夫实在太累了，深夜，他迷迷糊糊靠在办公桌边，进入了梦乡。即使在梦中，他的思维还在进行着，他自己觉得，还在继续摆着三年多来魂牵梦萦的元素表。

他分明看到，那张快接近成功的表格上，几个无法解释的格子里，几种闪着奇异光泽的金属正在闪现，他不知道它们究竟是什么元素，但它们的性质、原子量以及特性，门捷列夫都十分熟悉，好像面对着几位老朋友。

突然，那些金属一阵闪烁，统统不见了，格子里一片空白。门捷列夫

一下子惊醒过来，觉得好几天的思索在梦中突然找到了解答，自己一直想把64种元素填到64个格子中去，却忽略了这64种元素绝对不会是自然元素的全部，他急忙把梦中那几个格子空出来，整个元素的序列立刻展现出它们固有的规律，真是日有所思，夜有所梦哪，门捷列夫三年多的努力没有白费，他终于把自己的事业推到了一个新的高度，完成了自己的"元素周期表"。

那三个空格，门捷列夫暂时叫它们"类硼"、"类铝"、"类硅"，并详细地描述了它们的特性，给出了它们的化学数据。

17年后，科学家们分别在闪锌矿里提炼出新元素镓，发现了新元素钪，又在银矿石里找到跟银共生的元素锗，它们的化学特性，分别跟"类硼"、"类铝"、"类硅"一模一样。

新元素的发现不仅证明了门捷列夫"元素周期表"的正确，也证明了一个真理：只要全身心地投入自己从事的事业，就能在自己从事的领域中创造出奇迹般的成就。

蝙蝠教我们去创造

　　每一位从寓言童话世界步行出来的人，对蝙蝠总不会有好感。据说它在鸟类和兽类的大战中讨好双方，因为有翅膀，到鸟类面前称自己是飞禽；又说自己用哺乳的方式养大孩子，再去投奔兽类。结果两面派嘴脸被拆穿，鸟类兽类都不收容它，它只得白天躲在山洞里，晚上出来偷偷活动。意大利的科学家斯帕拉捷却对蝙蝠发生了兴趣。倒不是因为他年纪大了，不再相信寓言故事里捕风捉影的借题发挥，而是确确实实对这种有翼的小野兽的生活习性感到奇怪，觉得非弄个水落石出不可。

　　于是，每当夏夜降临大地，斯帕拉捷便来到蝙蝠聚居的山洞边，忍着蚊虫的叮咬，细心观察蝙蝠的活动。

　　一群蝙蝠扑扑地飞出洞来，在昏暗的天空灵巧地飞翔。它们穿过树枝，升上天空，再折回地面。任何一只飞蛾，都逃脱不了它的追捕。有时候，感到危险的飞蛾会突然折起双翅，表演一场特技飞行，打着转直跌向地面。灵巧的蝙蝠居然也来了个低空俯冲，紧紧跟着飞蛾往下飞，直到逮住猎物为止。

　　是什么器官让蝙蝠具有这样高明的本领？斯帕拉捷首先联想起的，是鹰的双眼。白天捕捉山鸡、野兔的山雕，在高空翱翔，双眼能看到草丛里抖动的猎物，它迅速判定方向，猛地扑下来，野兔便落进了它的双爪。猫头鹰更能在深夜捕食，蝙蝠那一对细细的黑眼珠，大概也有这种功能吧？

　　斯帕拉捷抓来几只蝙蝠，用针刺瞎了它们的双眼，晚上又把它们放回天空。他以为这一下蝙蝠们一定会像瞎子一样，东闯西撞，找不到飞行线路，抓不到飞蛾了。

　　想不到那几只瞎了眼的蝙蝠一经飞升到天空，立即上下翻飞，跟没刺瞎眼时一个样。任何树枝都挡不住它，四散飞逃的飞蛾、小昆虫依旧一只只成为它们口中的佳肴。蝙蝠的表现，让斯帕拉捷惊奇不已。它们既然不

像飞禽那样，依靠双眼飞行，那么，可能像走兽那般，有着狗一样敏锐的嗅觉。本来嘛，蝙蝠一直生活在黑暗之中，即使有过敏锐的双眼，根据用进废退的原则，也是该退化了。

斯帕拉捷开始进行第二个实验，他又捉了几只蝙蝠，在它们鼻子里，塞进沾着强烈化学气味的小球。根据他过去实验的结果，即使是嗅觉再灵敏的猎犬，鼻子里塞了这种小球，也会像患了重伤风的人一样，任何气味也分辨不出来。结果同样出乎斯帕拉捷的意料，"伤风"的蝙蝠一到空中，立刻朝猎物凶猛地扑过去。几个跟斗一翻，一只飞蛾便葬身蝙蝠的腹中。看起来，这种奇怪的动物也不是依靠嗅觉飞行和捕食的。

斯帕拉捷又试验了蝙蝠遍身茸毛的触觉，用漆把它们黏在身上；还检查它们的膜翼，都不能影响蝙蝠的活动，于是，他把注意力集中到蝙蝠那对永远竖起，还不断扇动的耳朵上，这也许是蝙蝠活动的最终秘密了。

这个实验最方便不过了，拿棉花团把蝙蝠耳朵堵上便行。想不到这最简便的方法却最有效，被堵了双耳的蝙蝠刚飞到空中，便像没头的苍蝇般到处瞎撞，有的居然一头栽到地面，吱吱叫着无法动弹了。看来，蝙蝠这种神秘的动物，在黑暗中是靠听觉来确定方向和捕捉猎物的。

斯帕拉捷的实验结果公布以后，立刻震动了动物学专家们，他们在确信这一结果的基础上，又纷纷提出了新的实验项目，继续对蝙蝠做深入的研究。

如果说蝙蝠是在飞行中听到了飞蛾的声音，那么，它是如何在这么复杂的声音系统中分辨出哪一种是属于飞蛾的？在扑向飞蛾的飞行过程中，还有好多并不发声的东西阻挡在中间，蝙蝠又是如何绕开树枝，继续往飞蛾扑去的呢？

斯帕拉捷开始用仪器记录蝙蝠世界里的各种声音，结果发现，蝙蝠在捕食过程中，始终能听到一种人耳听不到的声波，它的频率超过了人耳能接收到的界限，所以称为超声波。

再对蝙蝠本身做进一步的研究，发觉这种声波居然是它们自己发出的。超声波从它们的喉头发射出去，沿着直线传播，碰到物体就反射回来，被它们的耳朵"听见"，这时候，蝙蝠就能根据收到的超声波，分辨出前面哪些是树枝，哪里有飞蛾，决定是躲避还是捕食。

斯帕拉捷和其他科学家探知了蝙蝠的奥秘以后，科学家们的聪明才智

并没有停止发挥作用。人们模仿蝙蝠的这种特殊功能，造出超声波发射和接收仪，这样，我们人类也能像蝙蝠一样，探知黑暗世界，甚至是肉眼无法看到的地方的情况。在海底，在漆黑的夜空，在金属内部，在人的躯体里面，超声波都可以发挥它的作用。

聪明的科学家就是这样，了解了大自然的奥秘，又从大自然学到许多人类本身不具备的技能和方法。对蝙蝠的研究过程，就是一个很典型的例子。

舍身试验克病魔

1917年，在南非开普敦大学生物系的一个教室里，年高德劭的教授正在给学生们讲授传染病的历史。他讲到当年肆虐于欧洲大陆的鼠疫，讲到天花、霍乱，介绍了当年的先圣先哲们是如何战胜这些病害，替人类造福的。末了，教授换了一种口气告诉大家，两百年来，在非洲和南美洲热带丛林地区，一直流行着一种凶险的传染病，得病的人全身发黄，内脏出血，死亡率极高，波及面极广，而且每年都会流行，至今医学界尚未查出致命的病毒是如何传播的，也不能及时阻断传染途径。停了一会儿，教授诚恳地对在座的学生们说："非洲是受害最深的地区之一，扑灭这种传染病的责任，当然要落到你们的身上。努力吧，我的孩子们！"

教授的话打动了非洲这家最高学府的在座学生的心，其中一位名叫马克思·蒂勒的18岁的小伙子，感受最深。他生于南非比勒陀利亚的一个白人家庭，从小受到良好的教育，有远大的抱负。从此以后，他便把征服这种恶性的传染病当作自己毕生的事业。

在开普敦大学生物系毕业后，蒂勒听说英国伦敦和美国的哈佛都设立了专门研究热带医学的系科，在那里有好多知名的学者在从事有关问题的研究。为了掌握这方面世界最新的研究成果，他自费来到了英国，在热带医学院半工半读。以后他争取到去哈佛大学热带医学系的工作机会，后来远涉重洋来到美洲，边工作边学习，前前后后花了三年时间，专攻被称为黄热病的这种恶性传染病。

三年过去了，可是蒂勒感到十分失望。那里的专家们远隔万水千山，没有人肯到黄热病蔓延的热带丛林里做深入的调查，他们的研究只是对这种病作一些病理上的分类。因为没有实地考察的记录，许多分析都模模糊糊，既找不到传染途径，更开不出医治良方。于是，蒂勒下了决心，回非洲去，到恶疾蔓延的地区去，做一次扎扎实实的考察。

科学是崇尚事实的，科学考察是一切研究的基础，同时也是科学研究中最困难的部分。对黄热病的考察，更是难中之难。黄热病的疫区，几乎都是原始丛林，那里交通困难，瘴气笼罩，毒蛇猛兽出没，威胁着到那里的每一个人。到这样的地区工作，随时随地都有生命危险。

可是，蒂勒知道，离开这条道路，绝对没有可能解决征服黄热病的方法。为了自己心中的愿望，帮助同胞免遭病魔的威胁，他必须冒这个生命危险，去找到黄热病的病源，从而找出医治这种恶疾的办法。

在热带丛林辛勤工作了两年，蒂勒跟大量的病例接触，了解病人发病的经过，千方百计医治他们，终于积累起大量的第一手资料。带着这些资料，蒂勒回到开普敦，整理资料，并做了大量的病理实验，他终于弄明白一个道理：非洲的黄热病是由当地的斑蚊传播的。斑蚊把病人的血带进健康人的身体，病毒由血液迅速进入肝脏，导致黄疸和内出血，形成死亡。难怪这种疾病传染得这么快，波及面又如此广。

蒂勒的发现，给了世界传染病防治的专家们一个信息：如果能阻断疾病传染的途径，不让传染黄热病病毒的斑蚊危害人类，不就能降伏病魔了吗？事实上，南美洲的专家们便是这么干的，他们在全美洲开展了灭蚊运动。

蒂勒能不能依葫芦画瓢，在非洲也来个灭蚊运动呢？结论是否定的。非洲有广大的农村，无论经济或者文化，都比较落后，根本没有办法实施那种规模浩大的活动。因此，蒂勒决定，要走防治天花、结核等传染病的路子，发明一种有效的黄热病疫苗。

要制造这种疫苗，关键在于试验。作为疫苗的病毒，虽然经过多代的培育会减轻它的毒性，但毕竟还是一种危害人体的病毒，稍一不慎，就会变成致命的毒药。况且，当时开普勒条件比较落后，无法在动物身上先进行试验。最直接、最有效的方法便是招募志愿者进行人体试验。

为了亲自掌握疫苗的浓度，蒂勒决定在自己身上做人体试验。许多人竭力劝阻，有的助手自告奋勇，想代替蒂勒，但是蒂勒笑笑说："你们的生命和我的生命一样宝贵，而你们比我更年轻，未来的路更长。我对黄热病比你们更了解，更能控制它。我一定把试验的过程详细记录下来，万一失败了，你们可以继续试验下去。"

人体试验确实是危险的，在开头的几次试验中，有一次疫苗稀释浓度

过高，被注射后的蒂勒立即出现了黄热病的早期症状，他险些被死神夺去生命。幸亏他经验丰富，立即吩咐采取急救措施，才被抢救过来。还没等身体完全复原，蒂勒又投入新一轮试验。

经过一次次的失败，解决了一个个困难，蒂勒终于制成了可用于人体注射的疫苗，这种称为17D黄热病疫苗的有效药物，使横行了两百多年的不治之症在发病前便被制服。直到现在，它依然是出入黄热病疫区人员必须注射的预防针剂。

蒂勒凭着他不惜一切的献身精神，两次跟死神打交道，终于取得了事业的成功。也因为他对医药事业的重大贡献，成为非洲第一个诺贝尔奖金的获得者。

以身试雷电

在人类的愚昧时代，大自然的巨大威力常常被赋予神的属性，风、雨、雷、电、海潮、地震，都被认为是神的意志的体现。可是，随着人类逐渐开化，对天神的畏惧也渐渐消失。17世纪以前，人们已经知道，毛皮摩擦火漆棒能产生一种特殊的现象，在它们之间会爆发火花，人接触到这种火花会感到震动，这种现象跟闪电有相似之处，于是人们称之为"摩擦生电"。

1733年，法国科学家杜费第一次把丝绸摩擦过的玻璃上带的"电"和用毛皮摩擦过的琥珀上所带的"电"区分开来，把它们叫做"玻璃电"和"琥珀电"，指出它们有同性相斥、异性相吸的规律。到了1746年，荷兰莱顿的慕欣勃洛克发明了一种瓶子，可以储蓄摩擦出来的"电"，并用来做电的性能的实验。但是，他们对这种自然现象的本质还是一无所知。

这个问题到了1749年，才由美国的富兰克林初步解决了。富兰克林是英国的移民，他父亲因逃避宗教迫害而来到美国，开办制造蜡烛和肥皂的手工作坊。富兰克林却不愿意继承父亲的产业，他在40岁后，开始进行科学研究。这一年他第一次看到电学表演，接着又得到一套电学仪器。于是，他立刻把全部精力投入到电学实验中去。

富兰克林是一位物理实验的能手，又善于抓住关键性的问题。他在莱顿电瓶的研究中，发现所有的"电"都是统一的，而不分"玻璃电"和"琥珀电"，至于它们表现出两种特性，是因为它们含有量的多少，富兰克林称它们为正电和负电。当正电和负电相接触，就会发出火花。他这种解释是建立在当时的电学基础上的，是对静电性质的比较正确的解释，是电学史上第一个明确的学说，为后来电学的发展奠定了基础。

富兰克林对大气电学的研究也富有创造意义。20多年前，就有人提出过天上的雷电跟电火花是同一性质的物理现象。但是，他们无法用实验证

明。富兰克林坚信雷电只是一种自然现象，是大气中的强烈的放电现象，他决定亲自用实验证明这个道理。

1752年5月，富兰克林在巴黎做了一根40英尺高的铁杆，当一片乌云飘过铁杆顶端时，富兰克林用手指接触铁杆，得到了像电瓶里一样的火花。这一实验证明了云里的雷电跟电瓶里的"电"是同一种现象，他的理论初步得到了证实。

但是，40英尺的铁杆太短了，它只能接触到低空的云层，而含有强烈雷电的是高空的云层，如果不能引导到那儿的雷电，这种实验还是说服力不强的。要把高空的雷电引导下来，人就要冒生命的危险，"朱庇特的霹雳"毕竟不是40英尺高的乌云里的雷电，更不是电瓶里那种用摩擦法积聚起来的微弱的电。为了科学，富兰克林准备冒一下险，甚至准备付出自己最宝贵的生命。

7月份是一个多雷雨的季节。富兰克林在家里做着自己的实验仪器——一架可以高飞的风筝。他在风筝顶上，绑了一根尖铁棒，并在长长的绳子末端系了一把铁钥匙，他估计只要把风筝放到高高的空中，云层里的"电"就会通过打湿了的细绳传达到末端的铁钥匙上。富兰克林的小儿子看到父亲在扎风筝，便好奇地问父亲扎了风筝有什么用。富兰克林笑笑回答说："下一次大雷雨降临时，你就会知道它有什么用了，你可以跟我去，我们要把它放到云里去呢。"

这一天，大雷雨终于在傍晚的时候降临了。乌云遮蔽着天空，四周很快暗下来，远处一阵闷雷过后，大雨瓢泼般倾泻到地面上。富兰克林按计划带着儿子来到郊外，开始放飞准备好的风筝。风筝飞上天空，在大雨中上下翻腾，不一会儿，一阵狂风把风筝直送入云端。富兰克林和儿子站在一处茅棚下，拉住麻绳的末端，静观会发生什么变化。不久，远处闪了一下，接着传来一阵轰雷声。这时候，富兰克林发觉，原来因为沾湿而紧紧绷直的麻绳，它的纤维忽然四散地伸张开来，像在跳着奇怪的舞蹈。他紧张地用手指接近系在绳尾的铁钥匙，只觉得手指像被针扎般麻起来，在铁钥匙与手指之间，有一团火花在闪亮。

实验终于取得了成功。"神奇的风筝"把云里的电引到了地面，引起纤维的运动，还迸发出电的火花，天上的雷电跟电瓶里的电完全没有什么不同。他从天上夺下雷电，把上帝和雷电分开了。根据这次实验，富兰克

林发明了避雷针。避雷针能把高处的雷电直接引向大地，避免了云层中的强烈的电跟建筑物之间造成猛烈的放电，从而避免了强烈的电火花造成的火灾和对人身的伤害。

虽然在不久以后，富兰克林中止了他的科学实验，全身心地投入了争取独立的斗争。但是，他在短短的八年中进行的电学实验，为人类作出了巨大的贡献，特别是他那种为科学事业不顾生命安全的精神，人们是永远不会忘记的。

富士顿发明轮船

1775年的一天，美国宾夕法尼亚州开斯特县的一条大河上，有一群孩子划着小船去郊外钓鱼。这些孩子都来自附近农庄，他们的父母大都在欧洲无法谋生，才来到这个新大陆垦荒。生活的艰苦早早锻炼了他们，使他们有一股天不怕地不怕的勇气。他们嘻嘻哈哈，把船划得越来越远。

真是天公不作美，当他们刚刚尽兴，打算回家的时候，天气突然变了，河面上狂风大作，掀起一阵阵巨浪，似乎想把这条小船掀翻。小伙伴们倒没有惊慌，他们拿起一切可以当桨的东西，喊着号子，拼命地划着，好不容易才划回了家。一天的高兴都被疲惫和紧张冲个精光，回家的路上，他们连步子都迈不动了。

在这一群孩子中，最小的一位才10岁，他就是小富士顿。富士顿的父亲本来是苏格兰的穷裁缝，来到宾夕法尼亚，开垦荒地勉强打发一家人的生活。父亲常常给富士顿讲自己渡海来新大陆的故事，讲帆船如何在大海的波涛里颠簸，九死一生才能在美洲登陆，富士顿当时还半信半疑。今天，他在风浪里拼命划着船板的时候，心里不由得想起了父亲那些故事。在他年幼的心灵中，萌发了一个念头：今后，我一定要造出一艘大船，它不怕任何风浪，穿行在大河上，横渡过大洋。从这以后富士顿在珠宝商那儿当过学徒，后来又学会了画画，成为一名年轻的画师，曾经为著名的学者富兰克林画过肖像。但是，他从来没有忘记过自己曾下过的决心，在画画之外，常常搞一点小小的发明。

21岁的时候，富士顿来到了英国，他以画画为生，同时广泛接触英国那些著名的工程师。一次偶然的机会，他得遇大名鼎鼎的发明家瓦特。交谈之中，富士顿毫不羞涩地向这位比自己长年30岁的前辈道出了自己童年的梦想，不料他幼稚的想法却大得瓦特的赏识，并建议他在船上采用蒸汽发动机作为动力，这样就可以不受风力的影响，无风时可以继续前进，风

浪大时也能劈波斩浪。

从此，富士顿开始了他研制轮船的工作。他到过法国，造过可以潜水的船，还向拿破仑建议过造轮船，但是没有得到重视，他只得回到英国，继续他的试验。

1802年，富士顿的第一艘轮船终于在塞纳河下水试航了。他在木质轮船的中央安置了一台蒸汽机，由机器带动一个巨大的水轮，水轮在河水里滚动起来，带着轮船往前行驶，船速不快，基本上跟岸上的行人相等。

可惜的是，富士顿用的蒸汽机太重了，发动起来，震得厉害。当天的风浪又很大，水轮转动得十分吃力。没开出几里路，木制的船体便被压断，从中间折成两半，迅速地沉入了塞纳河。三年的心血毁于一旦，英国的合伙人也从此撤回自己的支持，富士顿只得灰溜溜地回到了美国。

失败并没有改变富士顿制造轮船的决心，他一边寻找新的合伙人，一边研究改进轮船的办法。他有幸找到了一位富有的农场主列文斯顿，列文斯顿自己也热衷于发明创造，他一眼看出了富士顿发明轮船的意义，决定大力支持富士顿的事业。

另一方面，富士顿也完成了自己的设计，解决了船的吨位与动力的比例。他接受英国塞纳河上失败的教训，决定试用钢铁船代替木质船体。铁板船体不仅大大提高了船的排水量，而且能更好地适应蒸汽机的动作，更好地把动力传导给水轮。

1807年，富士顿的第二艘轮船"克莱蒙特"号终于在纽约市的哈德逊河下水了。它长150英尺，宽30英尺，排水量达到100吨，船上的轮机全部由富士顿设计，它的核心动力——一台蒸汽机则由瓦特亲自制造。富士顿亲自操纵"克莱蒙特"号行进在风和日丽的哈德逊河上，从纽约到奥尔巴尼只用了32个小时，比帆船快了许多。富士顿的理想终于第一次获得成功。富士顿名声大振，他忙得不亦乐乎，为各地制造轮船。

"克莱蒙特"号跟第一艘轮船一样，采用明轮推进，好比一辆在河上奔走的马车。明轮又大又笨，推动它要耗费很大的动力，而且它的转动还影响船体的平稳。富士顿听取了同行们的意见，把由明轮推进的系统改变成由螺旋桨推进，这一下，行船更稳定了，船速也提高了许多。富士顿使轮船的航行能力得到了提高，在它的发展史上又迈出了重要的一步。

在有生之年，富士顿一共建造了十几艘各式各样的蒸汽机轮船，还

为美国造出了第一艘蒸汽战船。美国是一个大洋彼岸的国家，它与欧洲的联系全靠海上运输。在过去，越洋航行是一种既费时日又冒风险的事业，自从富士顿发明了轮船，便降低了海运的危险，缩短了航行日期，实际上拉近了与大洋彼岸的距离。一位从苦难中长大的孩子，凭着自己坚毅的意志，终于为航海事业写下了光辉的一笔。

爱迪生发明电灯

爱迪生是美国的大发明家。

在他一生的发明中，最重要的当数电灯，因为它彻底改变了地球的黑夜面貌，让光明降临大地。

有一次，爱迪生在巴黎博览会上看到了一种由俄国工程师拉德金等人发明的"电烛"，于是要发明一种照明工具的想法立即闪现在他的脑际。他立刻放下手头工作，仔细阅读了有关电烛的全部资料，并决定集中研究发明电灯的问题。

他认真地搜集有关资料，把历来关于照明用具的文章都一一摘录，广泛阅读有关煤气灯和发电机的资料，没多久，就辑录了40000多页资料。他住在实验室，吃在实验室，常常一连30个小时不停地做实验，累了，就枕着书小睡一会儿。看到他这么拼命干的样子，好多人都摇头：唉，那么多人都做过同样的实验，再走老路，怎么会成功呢？

爱迪生却不达目的誓不罢休。他要攻克的问题，是究竟用什么材料做灯丝，才能使电灯放光。他先后用过木炭、硬炭、铂丝、铱丝，甚至用土、矿石，都不成功。一年多时间，他共试验了1600多种材料，却都没有成功。

这一天，爱迪生坐在桌边，出神地思考采用什么材料做灯丝，无意中碰倒了油灯，灯芯灭了，露出黑黑的一段碳化了的灯芯。他灵机一动，立即想起，假如把棉线碳化了，能不能当灯丝呢？他立刻找来棉线，放在密封的金属盒里加热，数小时后棉线已经化成碳丝。他一连取了几次，都把碳丝弄断了。直到第四天，爱迪生才在许多碳丝中取出了一段完整的碳丝。

好不容易才把碳丝装进了玻璃灯泡，爱迪生立即接通了电源，果然，碳丝发出了亮光。而且越来越亮。可惜好景不长，灯丝在闪亮到极点之

后，碳被烧断，电灯又熄灭了。

碳丝虽然只亮了很短时间，但给了爱迪生极大的希望。他继续试验各种材料，终于找到了最佳的碳丝——利用竹子碳化的灯丝。为了延长灯丝的寿命，他又发明了一种新式的抽气机，让玻璃灯泡里达到了较高程度的真空。这样，碳丝就不会因为氧化而烧断了。1879年10月21日，世界上第一只碳丝灯泡终于研究成功了，通上电流之后，它一直亮了45个小时。人类的电光世界开始了。

和所有的革命性的发明创造一样，电灯的出现也受到了多方面的阻挠，甚至是攻击、破坏。煤气公司财团的人怕电灯的出现断了他们的财路，怕把他们建造的煤气路灯系统扫进历史垃圾堆，所以竭力反对。

这年新年之夜，爱迪生在曼罗园的松树上挂起五百盏明亮的电灯。整个曼罗园犹如繁星落地，照得一派通明。当人们对电灯赞不绝口的时候，一盏电灯突然熄灭了，有人偷走了电灯泡，有人割断了电线。事后调查的结果是煤气公司的老板们雇了一批流氓，故意破坏，给电灯抹黑的。第二天，老板们又雇了一些文人，在报纸上大肆攻击电灯，称曼罗园中数百盏电灯没有一盏比得上煤气灯亮，说这种新玩意儿是没有前途的。

谣言和中伤没有吓住爱迪生，他开始了推广电灯的艰苦工作。他首先在纽约筹建发电厂，建成输配电系统。煤气公司集团的老板们再一次施出卑鄙的伎俩，他们贿赂政府官员，额外增加铺设电线的占地费；他们勾结保险公司，对电灯用户征收"特别危险"保险费；他们还常常唆使人割断供电线路。

这一切虽然使爱迪生遭到重重限制，但爱迪生却坚持不懈，先后用了七年时间，在纽约建起了美国第一座火力发电厂，铺设了完整的供电线路，终于使纽约全城用上了电灯。

纽约的成功，使一批新兴的资本家认识到，电灯既然已经出现，而且站住了脚，就不可避免地要取代落后的煤气灯。他们看中了爱迪生的才能，也看到了电灯给自己提供的机会，于是他们纷纷支持在各地建设新的照明工程，电灯很快普及到全国各大城市。

电灯本身，也在普及的过程中不断改进。不久，新型的灯丝——一种由金属钨制造成的灯丝代替了脆弱的竹碳丝；玻璃灯泡也由原来的抽成真空改变成充入惰性气体，灯泡的寿命比原来的长了许多，规格也有了许多

变化，形成了不同光亮的系列。

爱迪生给人类带来了光明，这当然是科学不断发展的必然结果。但是，在整个电灯的发明和推广的过程中，爱迪生功不可没。他不仅继承了前人的研究成果，而且一步步使电灯成为现实可行的新照明工具。

一项发明要变得具有实用价值，还要实施推广，这种劳动丝毫不比发明逊色。爱迪生集发明创造和具体实施于一身，他的工作，他那种坚韧不拔的精神，是造就他一生中最辉煌业绩的根本原因。

把声像留住

    说起来叫人不敢相信，爱迪生的发明有时候是出于挫折的逼迫。一些令他脑子发涨的杂务，反而能启发他发明的灵感，于是他另辟蹊径，成功地用自己新的发明震惊着世界。留声机就是这样发明出来的。

    19世纪70年代，许多发明家都在研究着用电线传话的装置，爱迪生也是这批与时间赛速度的发明家之一。后来，苏格兰出生的美国科学家贝尔抢先在1876年发明了电话机，成为风靡世界的一大新闻。

    贝尔的电话机有很多缺点，发话器太笨重，说话人必须大声嚷嚷才能产生送话效果。爱迪生针对这一问题，在第二年制成了碳质发话器。这本是科学发明事业不断进步的标志，不料却给他惹来了无穷无尽的麻烦。起初，贝尔电话公司控告爱迪生，说他侵害了公司的专利权。接着，官方趁火打劫，向爱迪生勒索了一大笔罚金。爱迪生旧债未了，又背上了新债，日子真不好过。

    为了还债，也为了继续自己的发明，爱迪生不得不打起精神，搞一点新东西，出卖自己的专利权。只有渡过了这个难关，爱迪生的公司才能维持下去，他的发明创造的事业才得以继续。

    好吧，既然不允许再搞电话机，就搞一点别的，反正声音和电讯号的互换，不会只能用于电话机上，人总不能在一棵树上吊死。爱迪生沿着已经发明的电声讯号原理，继续走自己的发明创造之路。

    在研究电话发话器的过程中，爱迪生早就发现发话器的薄膜在声音震动下会发生颤动，相反，受话器上的薄膜也因为颤动而能发出声音。只要它们的颤动相同，产生的声音也完全一样。那么，能不能把这种细微的颤动记录下来，把声音"留"住呢？

    一个创造性的思维往往会产生一种奇迹般的发明，这一次也不例外。爱迪生一旦找到了发明的途径，便像往常一样，全身心地投入了制造新机

器的辛勤劳动之中。很快，他拿出了"留声"机器的草图，请他的工匠们按图日夜赶制第一台样机。

爱迪生的"留声机"，中心是一只包着锡纸的圆盘，用手摇动把柄让它转动。在锡纸上浮着一根钢针，钢针固定在一个带长管的喇叭上。这样，当圆盘转动时，钢针就会在上面刻下一道纹路，上面记录着喇叭膜片震动的频率，声音就"留"了下来。反过来，当圆盘按一样的速度旋转的时候，钢针在锡纸上的颤动也会带动喇叭膜片的震动，声音也就重现了。

他的这个"留声机"确实还比较简单。但是，当1877年，爱迪生当众试验自己新的发明时，还是引起了巨大的轰动。试验那天，许多到场的人还都半信半疑，有的人甚至拿出自己的雪茄打赌，他们不相信"机器"会自己说话，更不相信"机器"能记住人的话，一会儿又把话重复出来。

爱迪生胸有成竹，他笑着走近那台样机，在喇叭前站定，一边转动手柄，一边对着喇叭大声唱起来："玛丽有只小羔羊，羊毛白得像雪一样……"一曲唱毕，他把唱头上的钢针换成新的，放到刚才开始转动时的位置上，又开始摇起手柄来。

这时候，四周围观的人都屏住了呼吸，在一片静寂中，"留声机"的喇叭里传出"喀喀"几声响，接着奇迹般地传出爱迪生刚才唱的那首歌，好像爱迪生又在引吭高歌一般。"上帝啊！难道这是真的？"一阵惊叹从人群中涌起，人们终于相信"留声机"确实有"留声"的本领了。

第二天，纽约所有报纸的重要位置上，都登出了这一消息："曼罗园的魔术家"爱迪生，居然创造了这样迷人的机器。第二年，爱迪生带着他享有专利权的机器，在巴黎世界博览会上获得了最高奖项。

爱迪生把声音留在锡纸上，发明了留声机后，又萌生了另一个念头：连续不断的声音可以留住，活动着的人像能不能也留下来呢？他想起了儿童玩具，有些玩具利用人的视觉暂留现象能使木偶眨动眼睛，假如让一连串的照片闪过，人的其他动作不也可以再现了吗？于是，他开始设想发明一种快速摄影的机器。

经过多次的实验，他找出了每秒钟应该移动多少张照片，人像才能活动的数据。但是，他当时使用的是碳质玻璃的照相底片，要用这样的底片在一秒钟内拍摄十几张照片，是绝对做不到的。

正在他为底片发愁的时候，科学界传来一个消息，有人已经制造出照

相软片。爱迪生大感兴奋，他把照相软片卷成一盘，放进自己快速旋转的照相机里，不久，他便发明了世界上第一台摄像机。和留声机不同的是，它留下的不是连续的声音，而是活动的图像。

根据留声机的逆向动作原理，爱迪生又发明了放映连续照片的机器，他的第一段电影片是火车运行的场面。不过，他的机器更多地像过去不活动的拉洋片机，只是一个长方形柜子，人们只能俯身在透镜上看胶片迅速滑过自己的视野。直到1895年12月28日，法国的卢米埃尔才在巴黎公开了他的银幕式放映机，于是，人们把电影艺术的开始定在1895年。

不管怎样，把声音和活动的形象留下，这个发明是爱迪生的功劳。发明是他的事业，他为发明献出了一切，任何困难都不能阻挡他走在发明之路上的步伐。

交流电的胜利

对于爱迪生，无人不知，无人不晓，可就是爱迪生这个发明大王，也有过缺憾，犯过错误。

1879年，爱迪生发明碳丝电灯以后，又于1882年完成了他发明的输电系统，电灯终于在英国和美国首先推广使用。但爱迪生的输电系统是用110伏的电压输电，因导线阻力大，电力耗损过多，离开输电站三公里以外的地方，电流就弱得无法使用了。

1884年，科学家乔治·威斯汀豪斯看出了爱迪生的输电系统的局限性。可是由于爱迪生在当时太有地位了，所有人都认为爱迪生的发明是最正确的，不可能有任何错误或者局限性。威斯汀豪斯没有对外提出自己的任何看法，他只是不断地思考，留意着电气行业的一切新鲜事物，以求变革，用更好的输电方法来代替爱迪生的输电系统。

这一年，威斯汀豪斯敏锐地获悉法国人哥拉尔和英国人基卜斯得到变压器的专利，他便果断地买下了这项专利。威斯汀豪斯是个爱挑剔的人，他注意到这项专利并不十分理想，但这种变压器可以把发电机发出的电变为交流高压电，这就解决了远距离输送电流的难题。威斯汀豪斯认为，任何新生事物一开始总是不完美的，它的生命力在于代表了正确的方向。而他所要做的就是改进和完善它！于是，威斯汀豪斯专门组织了一个攻关小组，以改进哥拉尔和基卜斯的变压器。

1885年，威斯汀豪斯电气公司成立了。第二天春天，3000伏交流电的6.4公里的输电系统诞生了。新成果在美国引起了轰动。这是1886年感恩节的夜晚，纽约州的巴伐洛市张灯结彩，灯火通明，人们纷纷涌向街头，观看这绵延数公里的灯的奇观。威斯汀豪斯也因此一举成名，在纽约没有人不知道他了。

正当威斯汀豪斯进一步开发交流电发电机，完善他的交流电系统的时

候，以发明直流电系统而占据电气界重要位置的爱迪生却大为光火，他不惜一切代价对交流电发起了攻击。

这天早上，威斯汀豪斯刚起床，便有人给他送来了今天的报纸。报纸上有一篇文章是爱迪生的讲话，爱迪生说威斯汀豪斯的发明是假的，根本不可能。由于爱迪生对威斯汀豪斯的攻击，人们对威斯汀豪斯的看法开始转变了，有很多人原先是给威斯汀豪斯提供实验经费的，现在也抽走了对威斯汀豪斯的投资。

威斯汀豪斯只觉得自己像从悬崖上掉了下来，而且摔得那么惨，连续很长时间，情绪一直都非常差。威斯汀豪斯的事业受到了严重的挫折，但他并未丧失信心，他在寻找机会，他不相信权威永远是正确的，世界上只要是正确的东西，虽然一开始不为人们所接受，但总有一天会让每个人承认的。

机会终于来了。1893年，在芝加哥准备举办纪念哥伦布发现美洲大陆400周年的国际博览会。作为会上的精彩展品之一，就是点亮25万只电灯。许多公司和企业听到这个消息后，都非常高兴，他们一起要求参加竞争，因为那25万只电灯可不是一个小数目，它能让这些公司和企业赚上一大笔。

威斯汀豪斯也听到了这个消息，他相信这是上帝给了他一个机会，只要他能在展览会上一显身手，等待他的将是好运，人们对他的看法会重新改变。威斯汀豪斯来到了芝加哥，并参加了竞争。

那天的会上，威斯汀豪斯一个人坐在拐角，一言不发，他知道自己这回肯定取胜，但不能过早地露出锋芒。有公司已经开始报价了，每只灯泡15美元，可紧随其后，另一个公司报出了14.7美元的价格。

会场上变得异常热闹，每只灯泡的价格从15美元一直往下降，最后一家公司报出了13美元98美分的价格。这下会场上安静下来了，没有人争了。威斯汀豪斯笑了，他站起来，报出了自己的价格——每只灯泡5美元20美分。

所有的人听到这个报价，简直不敢相信自己的耳朵，会场上一下混乱起来。事后，威斯汀豪斯告诉记者，他的目的不在于赚钱，而是想让人们看到交流电的实力。

5月1日，国际博览会隆重开幕了，25万只使用交流电的电灯在夜幕下光耀夺目，把展区照得如同白昼。事实证明，交流电战胜了直流电。

威斯汀豪斯胜利了，而爱迪生在他光辉的一生中，却留下了一个缺憾，一直受到后人的批评。

贝尔发明电话

在贝尔出生的时候，摩尔斯——一位由画家成长为发明家的欧洲移民，已经发明了有线电报。本来，出生在苏格兰的贝尔跟电报这些玩意并没有缘分。他的父亲是一位纠正发声的专家，担任聋哑人发声的指导工作，贝尔年轻时也跟父亲一样，当了聋哑人的发音私人教师，并且还跟一位聋人结了婚。

可是，这位专门研究语言的青年学者却对电磁发声的原理发生了极大的兴趣。当他们全家从苏格兰移民到美洲，贝尔被波士顿大学聘请担任语言教师后，他有机会参与了摩尔斯电报机的改进工作。于是，他产生了一个念头：能不能不用电码，直接把人的声音传递到接收者那里去呢？一个把声音和电结合起来的想法，终于使贝尔走上了发明家的道路。

贝尔童年的时候玩过一件非常有趣的游戏：他们把一根长长的线穿在两只空罐头的底部，一个人把空罐头放在嘴边说话，而另一头，另一个人却把空罐头按在耳朵上，当那根线拉紧时，说话的声音会清清楚楚通过直直的线，一直传到另一端。他们把这种游戏称作"情侣电报"。

现在，贝尔既然萌生了让电直接传达声音的念头，他便记起了这种游戏。假如能把空的罐头变成把声音改换成电讯号、再把电讯号还原成声音的装置，中间用导线连接起来，用电传达声音的目标不就能实现了吗？关键在于如何实现声音和电流的相互转换，在这个尖端的物理学课题方面，只具备声学知识和语言学知识的贝尔显然还称不上专家，他需要学习，需要向内行请教。

贝尔开始深入地钻研起电磁学原理来。他参加过电报的改良工作，所获得的知识虽然不无帮助，但电报传达的只是十分单一的长短两种信号，语音信号却全然不同，要比电报信号复杂得多。他跟自己的助手华生合作，试制了一种金属膜片，在膜片中心设置了磁性的簧片，这样一来，人发出的声波会引起它的震动，产生各种频率的振荡。但这种振荡又如何变成可传导的电磁波呢？贝尔一下子无法解决这个棘手的问题，他于是向各

方面的专家求教，希望能得到他们的指导。

大发明家爱迪生给贝尔提供了一个金子般的点子。碳粉密度的改变可以敏感地改变电阻，从而改变通过它的电流强度。真是一语点破了贝尔百思不解的难题，他终于寻找到了声音和电流交换的途径。

按照这种正确的思路，贝尔和他的助手华生把自己的金属膜片装在了填充着碳粉的容器上，当人发出的声音通过膜片作用到碳粉上时，碳粉便会因为音波的冲击不断改变密度，从而产生不同强度的电流。反过来，不同强度的电流使碳粉的密度改变，又会使膜片发生振荡，产生出相应的声波，这便产生了送话器和受话器，声音由电流直接传达的目标就能实现。

1876年2月，贝尔和华生终于造出了第一只送话器和受话器，他们分别在两个房间里，装配自己的器械，并用电线连接起来，然后通上了电流。

就在这时候，贝尔不小心碰翻了自己的电池，蓄电池里的稀硫酸泼到了桌子上。情急之中，贝尔喊道："华生，快来帮忙，我这边出事了。"他的话语，在远处的华生照例是听不到的。但是，华生却万分激动地飞跑过来，喊道："你刚才是在喊我？是不是？"无意之中，他们已经完成了通话，华生在受话器那一端，清清楚楚接收到了贝尔送话器传递过去的声音。

这一年，美国费城正在举办盛大的博览会，贝尔立刻把自己的发明送到了展示台上。展览的第一天，巴西国王莅临参观，来到了贝尔的展区。贝尔让国王戴上了听筒，自己却跑到另一个房间去，对着送话器讲起话来。一向矜持不动声色的国王再也无法隐瞒自己的惊讶，大声对身边的新闻记者喊："你听，他在说话了！我的上帝！"

目睹了这生动一幕的新闻记者们立刻大加炒作，迅速把贝尔的发明公布在自己的报纸上。贝尔的发明激起了公众浓厚的兴趣，博览会也专门拨款给贝尔作为奖励，贝尔一下子成为费城的红人。

但是，贝尔的新发明在当时却没有立即投入实际运用，原因是实力最强的美国西部电报公司拒绝收购贝尔的发明。尽管贝尔只出了10万美元的低价，就可以出让自己的专利，电报公司还是担心自己的地位会动摇，宁可让贝尔的电话自生自灭。

贝尔被迫踏上另一个战场，他只能靠自己去实现发明的商业价值。第二年，他跟助手们一同成立了贝尔电话公司，电话立刻受到了热烈的欢迎，赢得了巨大的商业价值。贝尔公司的股票在七个月里翻了两番，由开始时每股250美元涨到1 000美元。贝尔公司一跃成为全世界最大的私人商业公司。

橡胶的故事

世界上好多发明创造，不一定是高深莫测的科学家才能做出的。19世纪，在电学知识并不普及的美国，曾经出现过一系列电器的发明创造，爱迪生发明电灯，凭的便是坚韧不拔的反复试验。而橡胶工业的兴起，更是凭一位工人的不懈努力。坚持不懈的敬业精神，是事业成功的因素之一。

橡胶是哥伦布从美洲带出来的一种奇特的东西，当时，它只是印第安孩子的玩具，凭着它的弹性、会蹦蹦跳跳而被哥伦布看上。但是，生橡胶到了欧洲之后，并不像番茄、可可等同时出现的美洲物品一样走运，几百年中，它连一个正式的英文名称都没有。到了1770年，它才因为能擦去铅笔痕迹而给了"擦子"的名字。它实在是百无一用的废物，只有少数工厂用它生产文化用品。

但是，一位橡胶的爱好者——美国的橡胶工人，凭他坚持不懈的精神，把橡胶带入了各个领域，成为当今世界不可缺少的一种生产用品。而这位名叫古德意的橡胶工人，最后也成为橡胶工业的创始人。

古德意跟橡胶真正结下不解之缘，是开始于一次完全失败的试验。作为橡胶工人，他经常摆弄橡胶。有一次，他发现在生橡胶里加进硝酸可以使产品变成美丽的乌黑色，并且更为柔软而富有弹性。这时候，他正与一家橡胶厂合作，生产一批邮件口袋，这批产品的利润就有10万美元。古德意没有对自己的试验做进一步的检验，就投入了生产。生产出来的邮袋开始确实漂亮，可是，在仓库里存放了一段时间后，柔软漂亮的邮袋全都变成了碎片，古德意所有的积蓄在这次冒险中赔了个精光。

但是古德意不但没有放弃给他带来悲惨命运的橡胶，反而成了绝对的橡胶迷。他头戴橡胶皮帽，身披橡胶衬里的风衣，敞开的风衣中还露出一件橡胶皮背心，下边穿着橡皮裤子，脚登一双橡胶皮靴，即便是手里，也拎着一只橡皮包，可惜的是橡皮包里一文不名。可以说，橡胶已经成了古

德意生活中的主要内容。

照理说，要研究橡胶，必须首先分析出它的结构，然后根据产品的需要，改变橡胶的分子结构。但是，古德意却是个对化学理论一窍不通的工人，而且对理论科学敬而远之。他具有的只是对橡胶业锲而不舍的决心，他凭着自己的感觉和想象，像当初往橡胶里加硝酸一样，不断地改变添加剂，一种又一种地试验。今天加氧化镁，明天加石灰粉，下一个月再加硝石或者硫磺……他的加工方法也十分原始，有时候煮，有时候蒸，有时候放在阳光下面曝晒。这种目的模糊、方法稀奇的"试验"，古德意前前后后干了十年，尽管毫无收获，而且负债累累，他依旧乐此不疲。

到了1839年的一天，古德意又开始使用硫磺做橡胶的添加剂了。他的本意恐怕是看中了硫磺极易燃烧，或许能燃烧掉橡胶里的杂质。他把橡胶放在锅里熬煮，煮成稀薄的橡胶汁，再打算把硫磺粉洒在橡胶汁的表面。

这种实验他恐怕做过不止一次了，每次都以失败告终，这一次也不抱多大希望，因此干起来十分懈怠。哪知一个不小心，古德意把手里整包的硫磺粉都洒进了橡胶锅，空气里立刻腾升出一股刺鼻的硫磺臭味。

古德意大吃一惊，生怕硫磺粉会燃烧起来，甚至引起一场爆炸事故。他急忙把锅底的火浇灭，飞快地把锅中的橡胶汁舀出来。谁知这次意外的变故却使古德意发现了一种新的橡胶产品。平时要很长时间才会凝结的橡胶汁，在添加了大量硫磺粉后，橡胶还没有冷却便凝结变硬了，而且一点不像以前的热橡胶那么黏手。冷却之后，它依旧那么柔软而富有弹性，也不像生橡胶那样，冷却后便变得硬邦邦的无法派上用场。这正是古德意奋斗了十年所要寻找的最佳境界呀，古德意把这种加工后生成的橡胶称作"硫化橡胶"。

古德意发明了硫化橡胶，给橡胶的运用开辟了新的途径，但是他并不知道橡胶加工时为什么要添加硫磺的道理。直到1879年，法国化学家从橡胶中提炼出一种叫"异戊二烯"的液体，才弄明白了硫在橡胶加工中的作用，硫分子截断了橡胶分子链中的双键，使原来纠缠在一起的生橡胶分子变成疏密不等的交联网，从而使橡胶富有弹性，更耐热耐氧。

有了科学理论作指导，人们对橡胶的研究步入了一个新的阶段，不仅改进了橡胶本身的性能，还用人工合成的方法，制成了各种各样的合成橡胶。合成橡胶能耐高温、耐低温、耐磨、高密封、耐老化，活跃在各类工业和航天事业中，它们的队伍已经由硫化橡胶一种发展成包含50000多种的大家族。

莫顿的麻醉法

威廉·莫顿是美国马萨诸塞州的一位极普通、极平凡的牙科医生，他的专长是替人镶牙。1842年他从巴尔的摩牙科学院毕业后，成为了一名正式的开业医生。开业的头几年，他的事业并不顺利，特别是跟韦尔斯医生合伙的一年里，莫顿险些遭到韦尔斯的牵连，落得个名誉扫地的下场。

韦尔斯比莫顿年长，一向对麻醉术有很大的兴趣，他跟莫顿合伙开了牙科诊所之后，便在诊所开始做麻醉试验。韦尔斯用的麻醉剂是一氧化二氮，就是那种会引得人笑个不停的气体。他在以往的试验中，确实也有过成功的实例。于是，韦尔斯急于搞一次公开的麻醉展示，结果因为准备不充分，被麻醉的病人在手术过程中醒了过来，痛得大喊大叫。这次不成功的实验不仅完全败坏了一氧化二氮的名声，而且连累了莫顿，两个人只能客客气气分了手。

其实，那次事故并没有给莫顿带来多大的坏影响，反而激发了他对麻醉的兴趣。他给人镶牙前，总要先拔除旧牙根，没有麻醉药前，拔牙可是桩痛苦的事。孩子们看到医生手里的钳子、镊子，便吓得大哭大叫。成人见了也心惊胆战，心理承受能力差的，甚至会当场恐慌得昏过去，这种突发的变卦，往往弄得莫顿手足无措。

莫顿懂得，麻醉术是所有外科医生梦寐以求的目标，它能解除病人极大的痛苦。现在，关键问题在于寻找一种"一氧化二氮"的替代品，努力使新的麻醉剂有更大的效果，并且把副作用降低到最小程度。

莫顿到处求教，最后认识了一位很有学问的医生和科学家查尔斯·杰克逊。莫顿对麻醉术的热心，以及他虚心的态度感动了杰克逊。杰克逊告诉他，早在300年前，瑞士的医生兼炼丹术士帕拉切尔苏斯发现，乙醚具有麻醉功能。但是，在这以前，谁也没敢把乙醚引入手术，因为它有令人不愉快的副作用，吸进乙醚后，人会感到恶心。但是因为杰克逊已经找到了适当的药物，可以减轻这种副作用。所以杰克逊建议，莫顿可以试一试用乙醚做麻醉剂。莫顿在一些动物身上开始了第一轮的试验。当他在自己

的爱犬鲍勃身上进行试验时，已经掌握了乙醚在动物身上的用量。他把一个面罩扣在鲍勃嘴上，立即输入了乙醚。听话的鲍勃开始并没有反应，不久就挣扎起来，可是，它没挣扎多久，全身便瘫软下来。麻醉成功了，莫顿在爱犬腿上做疼痛试验，可怜的鲍勃一动不动，毫无知觉。

接着，莫顿在自己身上做了试验。他按照杰克逊的办法，先服用了抗恶心的药物。当估计药物已生效后，毅然在脸上扣住了乙醚输入面罩。根据莫顿的计算，对人的用量应该比狗大，因此，一股强烈的刺激味冲进脑门，幸亏乙醚还带点令人甜蜜的芳香，他还忍得了。

一会儿，莫顿感到了不适，好在当这种不适还没有超过自己能忍受的程度的时候，他已经失去了知觉。当莫顿恢复知觉醒来时，已经过了一个小时。够了，一般的手术，能在一个小时内解决。假如还要继续下去，可以继续输入乙醚。

现在，莫顿只等找一个实验的机会了。一天，一位名叫弗罗斯特的病人捂着下巴，胆怯怯地走进了莫顿的诊所。莫顿给他检查了牙齿，他那只蛀牙这次是不得不拔了。望着害怕得几乎要昏厥的病人，莫顿突然感到机会正在降临。他劝弗罗斯特使用一种新的麻醉剂，并保证在拔牙的时候，弗罗斯特绝对不会疼痛。弗罗斯特勉强答应下来，莫顿于是给他吸了乙醚。当弗罗斯特从昏迷中醒来时，看到莫顿正笑眯眯地盯着他，接着给他看了已经拔下的病牙。弗罗斯特不能期望有比这更好的结果了，他居然没有感到一点疼痛，病牙却不在嘴里了，多年来的一块心病终于消失殆尽。

莫顿看到了成功的希望。但是，这次手术虽然成功，却没有第三个人在场，当然不会得到承认。因此，莫顿竭力想创造一个戏剧性的表演机会，展示自己麻醉剂的效果。

他把自己所有的资料捧给波士顿马萨诸塞总医院的沃伦博士看，说服这位高级外科医生使用乙醚麻醉，当众实施一项外科手术。沃伦博士同意了莫顿的请求，同时选定了一位病人，把手术地点定在自己的医院。1846年10月16日，相当多的医师和学生聚集在手术室，亲眼看着莫顿给病人吉尔伯特吸了乙醚，等病人深度麻醉后，沃伦博士执刀替他摘除了脖子上的肿瘤。手术大为成功，吉尔伯特醒来时，丝毫不感到疼痛。

莫顿的麻醉法很快被医学界推广开来。莫顿并不是位科学家，他的麻醉法也不是自己的发明。他做到的，只是把前人已发现的方法引进手术中，并把它推广开来。但要做到这一点，也需要对事业一往无前的精神，莫顿正是凭着这种精神解决了手术中以前无法避免的疼痛问题。

可口可乐的来历

阿萨·坎德勒跟可口可乐结下不解之缘,最早要追溯到他11岁时的一场灾祸。当时美国正陷入南北战争之中,坎德勒家无法维持生计,只能让阿萨辍学去药店当学徒,阿萨在那儿遭到了一场车祸。

那是个星期六的下午,阿萨坐在送药的马车上出了城。谁知车没走多远,忽然硌上了一块大石头,剧烈摇晃的车子把阿萨扔出来,车轮辗过他的头,造成了颅骨骨折。在场的人都以为这孩子恐怕没救了,但是,命大的阿萨居然活了下来,只落下一桩后遗症,阴天下雨时脑子痛得厉害,医生断定,这偏头痛的毛病,大概要陪伴阿萨·坎德勒一辈子,年纪越大痛得越厉害。

后来,阿萨成了一名药剂师,到亚特兰大的霍华德药店当上了店员主任,不久跟老板的女儿结了婚,翁婿俩合伙开起了药材公司。尽管家庭和事业都十分称心如意,尽管他可以自己配制各种药剂治疗自己的偏头痛,但偏头痛却一直缠绕着他,折磨着他的身体和心灵。

1886年的时候,有位叫彭伯顿的人在无意中配制出一种被称为可口可乐的饮料,颇受不愿当酒鬼的先生们的欢迎。第二年,有位朋友劝阿萨喝可口可乐,试一试会不会缓解偏头痛。阿萨一试之下,居然大大有效,他连续喝了两年可口可乐,偏头痛竟然逐渐好起来。

亲身的经历以及一位药剂师兼经营商的敏锐的头脑,使阿萨萌发出一个大胆的设想,他跟合伙人——自己的岳父商量,停止药材生意,开办一家可口可乐公司,改做饮料生意。他的建议得到了同意,于是,阿萨清点货物,卖了50000美元。从彭伯顿先生手里,用2000多美元买下了专利权,世界上第一家可口可乐公司终于在亚特兰大诞生了。

可口可乐是诞生在药店里的,要把它变成一种大众饮料可实在不容易。阿萨在开始专卖可口可乐的时候,就下决心执行两个基本的方针:宣

传和服务。他要让可口可乐变成路人皆知的饮料，他要为每一位需要可口可乐的人尽心尽力地服务。他知道，这是大众饮料成功的必不可少的条件。

1890年的一个星期六。阿萨的可口可乐公司里只剩下几个值班的工人了，工人和职员们都已各奔自己度假的地方。照例，这时候公司里不会有多大的事：一周的供货计划已经完成，该进货的顾客已经拿到了他们订的货，一切都要等星期一重新开始。阿萨锁好办公室的门，走下楼梯便听到有人在吵吵嚷嚷。负责供应可口可乐原浆的一位职员正耐心地对一位搬运工打扮的人作解释："你们没有预先订货，今天是星期六了，售货厅里也没有可口可乐原汁，实在十分抱歉，配原浆的师傅已经下了班，我实在无能为力。"说着，还做了个无可奈何的手势。

来人的喉咙禁不住又提高了三分："我们好不容易赶了两个小时的车才来到亚特兰大，你却说没有！你叫我怎么回去交代？明天，我们那儿有个热闹的竞技比赛，老板没有可口可乐，生意怎么做？求您啦，好歹给我们弄点出来，我也不致白跑这一趟。"

阿萨听到这些，立即三步并作两步来到大厅，对来的人说："有货，有货。您在这里稍等片刻，我立即替你去加工，保证天黑之前能赶回去，晚上冲兑一下，不会耽误明天的生意。"说完后，立刻下令负责供货的职员脱下西装，跟自己到车间去。

阿萨来到加工原浆的车间，亲自动起手来，他原来是药剂师，干这活是行家里手，没有多久，顾客需要的可口可乐原浆就配制好了，当他把原浆交给顾客时，笑着指指加仑桶上的商标说："你可看清楚了，这上面的头像就是我本人，你尽可以向你们老板保证，我阿萨·坎德勒的货一定保质保量，原汁原味，欢迎你们老板再来提货，任何时候都有货供应。"说着，递上一品脱冲兑好的可口可乐，给他们在路上解渴。

来亚特兰大提货的人无论如何没想到，会是公司的老板阿萨本人替自己加工可口可乐原浆。他们尝着冲兑过的可口可乐赞口不绝，并答应一定把这事儿告诉自己的老板，让老板明天写一则广告说自己的可口可乐是最正宗的阿萨先生配制的。

送走了顾客，阿萨把在场的人都找来，严肃地告诉他们："这样好的机会我们怎么能错过？要知道，今天损失的可口可乐，明天再也补不回

来。"

阿萨·坎德勒亲自替顾客下车间的故事，不久就在佐治亚州传开了，参加竞技比赛的人又对那天的可口可乐赞口不绝，阿萨的可口可乐公司信誉陡增，没过多久，阿萨的生意迅速占领了整个佐治亚州，零售商们都要在自己的饮料器上贴一张阿萨的头像，并且声明自己的可口可乐是阿萨公司正宗的产品。

阿萨·坎德勒就是靠着自己认真负责的办事态度，在短短的几年之中把生意做到了全国，他本人也被称为"可口可乐之父"。

"基因学说"的胜利

1890年，年方24岁的摩尔根获得了动物生物学博士学位后，到布来恩莫尔学院担任了生物学教授。他一到那里便卷入了当时美国生物学界的一场大争论。美国著名的生物学家们在一个重大问题上分成了两派：一派认为，支配胚胎细胞变异的因素是内在的，即依靠遗传；另一派则认为是外在的，也就是说，环境的因素决定变异。

生物学家们又是推理，又是思辨，吵来吵去，总是找不到解决问题的依据。摩尔根的思路跟他们完全不同，他主张必须进行实验，只有通过实验才能得出可取的和严密的结论，科学必须有这种正确的研究方法。

于是，摩尔根组织了一批人充当助手，形成一个研究班子，开始了实验。开始的时候，他们用海胆等低等生物做实验，在这些低等生物生长过程中，施加种种干扰，去破坏它们的胚胎发育。

经过反复实验，摩尔根他们发现，尽管各种化学药物会使海胆胚胎的发育过程产生不同变化，但胚胎还是显出朝既定目标发展的趋向，最后还是长成一只标标准准的海胆。可见，环境的影响只能在一定程度上制约胚胎发育，却不能从根本上改变发育的整个过程，决定生物发展发育的根本因素，还在胚胎内部。他们的研究小组在1902年发表了一系列的有关论文，基本上阐明了这一具有历史意义的结论。

但是，决定发育过程的内部因素又在哪一方面呢？摩尔根和他的助手们看准了生物的性别遗传的特点，并在1908年开始大量繁殖一种实验用的果蝇，用它来寻找决定遗传的内部因素。

虽然说果蝇是一种容易饲养、生命周期只有两星期的生物，而且唾腺染色体大，容易进行区分，在各子代中突变性又多，适于做遗传学实验材料。但他们用这种动物进行实验，足足养了两年才见到一点端倪。

在整整两年之中，整个实验室的人同心协力，充分发挥了每个人的聪明才智。摩尔根是受到他的助手们充分信赖和尊敬的长者，他对大家十分

民主，每当有人提出一种新的见解，摩尔根就让大家自由地讨论，以致到最后很难确定正确的结论究竟是谁先提出来的。

有好几次，管理实验室的人来找摩尔根，提出难以解决的困难，不是实验资金欠缺，便是连助手们的工资也难以按时发放了。这时候，摩尔根作为大家的老师又是大家的朋友，总是毫不犹豫地掏自己的腰包，解决研究过程中的一切困难。

就在这种良好的研究氛围中，摩尔根的一位助手在一只培养瓶里偶然发现，有一只雄蝇长了与其他果蝇截然不同的眼睛。所有的雄果蝇眼睛应该是红色的，而这一只却长了一对白色的眼睛，显然是因为内部因素让这只果蝇发生了变异。

新的发现立即使整个实验室激动起来。他们在摩尔根领导下，继续做遗传实验。他们把白眼果蝇跟红眼果蝇进行交配，可是，生出来的果蝇却都是红眼的，再进行内部交配，果然在下代果蝇中又出现了白眼果蝇，而且这些白眼果蝇一律都是雄蝇。

现在，可以肯定从遗传的染色体之中就可以找到让生物变异的内部因素了。但是，光靠推理是不科学的，必须绘制出这些决定变异的内部因素在遗传过程中的传递方式的图形，实验结果才能证明推断出来的理论。

摩尔根的助手们夜以继日地工作，一位助手首先绘制出了果蝇性别环连的遗传图，他把这种决定性别的内部因素叫做"基因"。摩尔根和其他助手采用了这种概念，并在他的基础上陆续绘制出了其他"基因"的遗传图，所有的基因图证明基因是成直线排列的。到此为止，摩尔根和他的助手们成功地创立了"基因"学说。

1924年，摩尔根和他的助手们在加利福尼亚工学院建立了生物学专业，并创设了一所生物科学实验院，这是当时世界上惟一的研究遗传学的科学中心，也是"基因"学说的中心。

1932年，第一届国际遗传学大会终于在纽约召开，这次大会实际上是讨论摩尔根"基因"学说的盛会，"基因"学说得到了全世界生物学家的承认。当初在美国发生的、后来又在世界范围内展开的"环境"决定论和"内部"决定论之争以"基因"论的胜利宣告结束，摩尔根也因此获得了诺贝尔生理学及医学奖。但是，摩尔根却不居功自傲，他认为"基因"学说的成功离不开助手们的支持和帮助。他把所有跟自己一同研究的助手们找来，把诺贝尔奖金跟他们分享，并用自己的一份替助手们的子女建立助学基金，供给他们的子女读书上大学。

信用卡的发明

靠借债过日子的生活并不好过，可美国人却喜爱这种生活方式，而他们用于借债的凭证便是信用卡。美国人毕生都在使用信用卡，一般用于赊购衣服、家具和其他一些东西，购物者普遍存在着一种心理：有一天，我会把欠的钱都还清的。如果有人用现金来租一辆汽车，会让美国人觉得不可思议。

美国人与信用卡结下了不解之缘，但信用卡的使用是因为1950年的一件事而引起的。

美国商人麦克纳马拉有一回去一家饭店吃饭，吃完饭后他发现自己竟没有带够钱，没钱就来消费，这可是一件丑事。麦克纳马拉坐在那儿，觉得屁股底下像有针在扎他一样。麦克纳马拉现在多么希望有个熟人能从他的身边经过，那样他就会有钱付账的。可是等了半天，没一个认识的人出现。

麦克纳马拉的窘相让一位服务员看见了，于是他走过来，问道："先生，您有什么要帮忙的吗？"

这一句话让麦克纳马拉的脸一下红到了脖子根，他结结巴巴地说："我今天钱没带够，不知能否让我回去拿，过一会儿，我就送来！"

听完麦克纳马拉的话后，服务员便把经理喊来了，经理认为麦克纳马拉是个骗子，不让他走，最后，麦克纳马拉只好打电话给自己的妻子，让她带钱来"赎"自己。

这一经历给麦克纳马拉留下了很深的记忆，也促使他产生为美国的付款方式进行一场革命的想法。

麦克纳马拉当时是曼哈顿一家信贷公司的信贷专家。1950年春，也就是那顿饭不久，他带头搞起了个"就餐者俱乐部"。会员们每年只需要交上3美元会费，就可以在纽约27家饭店中的任何一家记账用餐。

　　到了1951年年底，携带着这一就餐信用卡的人越来越多，麦克纳马拉的公司开始赢利。当时，谁也没料到这种小小的信用卡竟能成为数十亿美元的国际工业。麦克纳马拉毕竟只是一个小商人，1953年，他以20万美元的价格把这一业务卖给了施奈德。他认为美国人对信贷基本上仍持怀疑态度，短时间内很难改变。但他没想到37年后，信贷本身成了美国文化的重要组成部分。

　　信用卡越闹越红火，到了后来，银行也开始参加发放信用卡的业务了。1967年，旧金山美国银行率先发放了"美国银行卡"，很快就得到了所有人的信任，而且这一家银行很快就成为以此赢利的银行。

　　全美不少银行开始仿效旧金山的美国银行，并展开了竞争，一些银行还和外国银行结成联盟。

　　美国的韦尔斯·法格银行与77家银行组成了西方国家银行信用卡协会，建立了一个信用卡网与美国银行竞争，他们花钱买了"万能卡"这一名称，"万能卡"成了美国用户最多的信用卡。